Os Melhores Contos Brasileiros de FICÇÃO CIENTÍFICA

Editado por Roberto de Sousa Causo

DEVIR LIVRARIA

Pulsar

Os Melhores Contos Brasileiros de
FICÇÃO CIENTÍFICA

Editado por Roberto de Sousa Causo

devir DEVIR LIVRARIA

Copyright desta seleção © 2007 by **Roberto de Sousa Causo**
Copyright da introdução © 2007 by **Roberto de Sousa Causo**
Capa: **Vagner Vargas & R. S. Causo**
Coordenação Editorial: **Roberto de Sousa Causo**
Revisão: **Ivana Mattiazo Casella**
Editoração Eletrônica: **Benson Chin e Tino Chagas**
Revisão de provas: **Douglas Quinta Reis**

DEV333025
ISBN: **978-85-7532-303-8**
Código de Barras: **978-85-7532-303-8**
1º edição: publicada em Dezembro/2007
1ª reimpressão: publicada em abril/2012

Dados Internacionais de Catalogação na Publicação (CIP)
(Câmara Brasileira do Livro, SP, Brasil

Os melhores contos brasileiros de ficção científica /
editado por Roberto de Sousa Causo. – –
São Paulo : Devir, 2007

Vários autores.
ISBN 978-85-7532-303-8

1. Contos brasileiros 2. Ficção científica I Causo,
Roberto de Sousa

07-8568   CDD 869.930876

Índices para catálogo sistemático

1. Contos de ficção científica : Literatura brasileira 869.930876

Todos os direitos reservados e protegidos pela Lei 9610 de 19/02/1998.
É proibida a reprodução total ou parcial, por quaisquer meios
existentes ou que venham a ser criados no futuro
sem autorização prévia, por escrito, da editora.

Todos os direitos desta edição reservados à

Brasil	*Portugal*
Rua Teodureto Souto, 624/630	Pólo Industrial
Cambuci	Brejos de Carreteiros
CEP: 01539–000	Armazém 4, Escritório 2
São Paulo — SP	Olhos de Água
Fone: (11) 2127–8787	2950–554 — Palmela
Fax: (11) 2127–8758	Fone: 212–139–440
E-mail: duvidas@devir.com.br	Fax: 212–139–449
	E-mail: devir@devir.pt

*Visite nosso site: **www.devir.com***

"Meu Sósia" © 2007 by Os Herdeiros de Gastão Cruls. Primeiro publicado em *História Puxa História*, 1938. Reproduzido mediante acordo com Ana Maria de Araújo Penna.

"Água de Nagasáqui" © 1963, 2007 by Os Herdeiros de Domingos Carvalho da Silva. Primeiro publicado em *Além do Tempo e do Espaço: 13 Contos de Ciencificção*, EdArt, São Paulo, 1965. Reproduzido mediante acordo com Eduardo Sérgio Carvalho da Silva

"A Espingarda" © 1966, 2007 by André Granja Carneiro. Primeiro publicado na coletânea *O Homem que Adivinhava*, EdArt, São Paulo, 1966. Reproduzido com a autorização do autor.

"O Copo de Cristal" © 1969, 2007 by Os Herdeiros de Jerônymo Monteiro. Primeiro publicado na coletânea *Tangentes da Realidade*. Reproduzido mediante acordo com Therezinha Monteiro Deutsch.

"O Último Artilheiro" © 1965, 2007 by Os Herdeiros de Levy Werneck de Almeida de Menezes. Primeiro publicado na coletânea *O 3.º Planeta*, Edições GRD, 1965. Reproduzido mediante acordo com Roberto Menezes de Moraes.

"Especialmente, Quando Sopra Outubro" © 1971, 2007 by Rubens Teixeira Scavone. Primeiro publicado na coletânea *Passagem para Júpiter*, Edições MM, 1971. Reproduzido mediante acordo com Maria Eugênia de Araújo Scavone.

"Exercícios de Silêncio" © 1983, 2007 by Finisia Rita Fideli. Primeiro publicado na antologia *Conto Paulista*, Escrita, São Paulo, 1983. Reproduzido com a autorização da autora.

"A Morte do Cometa" © 1985, 2007 by Jorge Luiz Calife Coelho Neto. Primeiro publicado na revista *Playboy* de dezembro de 1985, Editora Abril, São Paulo, 1985. Reproduzido com a autorização do autor.

"A Mulher Mais Bela do Mundo" © 1997, 2007 by Roberto de Sousa Causo. Primeiro publicado na revista chinesa *Science Fiction World* N.º 139, dezembro de 1997. Reproduzido com a autorização do autor.

"A Nuvem" © 1994, 2007 by Ricardo Jorge Teixeira Martins. Primeiro publicado na antologia *Dinossauria Tropicália*, Edições GRD, São Paulo, 1994. Reproduzido com a autorização do autor.

— Para Gumercindo Rocha Dorea, pela *Antologia Brasileira de Ficção Científica*, *Histórias do Acontecerá*, *Enquanto Houver Natal...*, *Tríplice Universo* e *Dinossauria Tropicalia*.

SUMÁRIO

Introdução   11
Roberto de Sousa Causo

O Imortal (1882)   25
Machado de Assis

Meu Sósia (1938)   49
Gastão Cruls

Água de Nagasáqui (1963)   65
Domingos Carvalho da Silva

A Espingarda (1966)   75
André Carneiro

O Copo de Cristal (1964)   91
Jerônymo Monteiro

O Último Artilheiro (1965)   113
Levy Menezes

Especialmente, Quando Sopra Outubro (1971)   123
Rubens Teixeira Scavone

Exercícios de Silêncio (1983)   131
Finisia Fideli

A Morte do Cometa (1985)   157
Jorge Luiz Calife

A Mulher Mais Bela do Mundo (1997)   167
Roberto de Sousa Causo

A Nuvem (1994)   181
Ricardo Teixeira

INTRODUÇÃO

UM RESGATE DA FICÇÃO CIENTÍFICA BRASILEIRA

Roberto de Sousa Causo

A ficção científica é a literatura esquecida do século XX, no Brasil. Poucos se lembram que algumas das figuras mais importantes das letras nacionais a exercitaram. Uma das razões do esquecimento talvez esteja no fato de que muitas dessas aventuras no terreno da "literatura da mudança" se constituam em textos menores, dentro das obras grandes nomes. *O Presidente Negro ou O Choque das Raças* (1926), o único romance escrito por Monteiro Lobato (1882-1948), é um livro que os seus cultores e estudiosos preferem esquecer — claramente inspirado em H. G. Wells (1866-1946), é uma apreciação do futuro de 2228, momento da ascensão de um candidato negro à presidência dos Estados Unidos. O romance é uma espécie de libelo em favor da política racial norte-americana — então de claro *apartheid* —, que o autor percebia como tensão a impulsionar esse país rumo ao progresso e ao dinamismo social, que já o caracterizavam no início do século XX. Segundo Lobato, fenômeno exatamente contrário ao racismo mulato do Brasil, que atirava o país na indolência — indolência que se constata, aliás, no fato do único brasileiro no livro ser hóspede do cientista estrangeiro e de sua filha, os "Bensons". No romance, o brasileiro apenas observa o futuro dos outros, através do "porviroscópio" criado pelos estrangeiros.

Perspectiva semelhante se dá com Erico Verissimo (1905-1975) em *Viagem à Aurora do Mundo* (1939), narrativa também inspirada em Wells (e em Lobato), marcada pela curiosidade que outro inglês, Sir Arthur Conan Doyle (1859-1930), expressou em relação à vida pré-histórica no romance *O Mundo Perdido* (1912), que é ambientado nas selvas do Norte do Brasil. Verissimo preferiu um cenário mais prosaico, associado ao período romântico da literatura nacional e à forma conhecida do folhetim. Desta vez o observador é prisioneiro de uma misteriosa vila, habitada por uma família de irmãos, cada um deles representante de uma área do conhecimento: a física, as ciências de observação da natureza, a filosofia e a teologia. O Dr. Fabrício criara a sua versão da TV temporal de Lobato, e com os irmãos eternamente em disputa, observam o alvorecer da vida na Terra, com especial atenção aos dinossauros. Magnólia, a filha de Fabrício, fornece o interesse amoroso, já que é cobiçada pelo rival do herói, o capitalista Jó — que financia o projeto com o fim possível de transformá-lo num novo tipo de entretenimento, como o cinema. Tudo se revolve com a destruição da máquina e com o empate técnico entre os vários conhecimentos representados pelos irmãos. Um deles, o filósofo, abraça-se o tempo todo a um grosso volume que, descobrimos, é nada menos que *Reinações de Narizinho*, de Lobato.

Essa é a ficção científica brasileira do final do século XIX e início do XX: suas máquinas do tempo não permitem que se viaje através delas — e, consequentemente, limitam a ação, a aventura de se interferir no processo histórico —, mas apenas a observação distanciada dos eventos. Essa FC seguia os modelos prefigurados por Wells e Jules Verne (1828-1905) e Conan Doyle, a partir da segunda metade do século XIX — era o "romance científico", do inglês *scientific romance*. (Na França era chamada de *voyages extraordinaires*.) A palavra *romance* na língua dos ingleses não designa o gênero literário, mas o seu aspecto aventuresco e exótico. Assim como os dois exemplos já citados, um dos primeiros romances científicos brasileiros, *O*

Doutor Benignus (1875), de Augusto Emílio Zaluar, inspirado em Verne e em Camille Flammarion (1842-1925), é uma narrativa com muita conversa de salão, e bem pouca aventura. Para o personagem-título, a ciência é apenas outra forma de alguém se tornar um cidadão benemérito, de relevância e destaque social, e uma incumbência do *indivíduo*, sem qualquer expressão institucional no Brasil do século XIX.

Nesses três romances, a ciência tem pouca presença institucional e se restringe ao entretenimento de uma burguesia que é representada pela imagem da mansão senhorial. Não é de se espantar que o personagem Jó enxergasse no visor do tempo de Fabrício apenas uma outra forma de entretenimento (uma forma exótica de cinema), e não um meio revolucionário de se conhecer o universo. Já em Wells e Conan Doyle, a ciência entra em cena em congressos científicos e leva os protagonistas a outras realidades, a outros mundos que francamente desafiam a realidade em que vivemos. O teor de aventura, tão condenado pelos literatos de hoje e de então, do romance científico traduz a crença que uma sociedade tem do seu poder de se constituir em protagonista, não em coadjuvante apenas, do processo histórico.

Mas não falta uma visão mais crítica, como a expressa no romance de Menotti Del Picchia, *A República 3.000* ou *A Filha do Inca* (1930), no qual uma expedição geográfica militar ao Brasil Central se depara com uma supercivilização tecnológica isolada sob uma cúpula invisível, e eventualmente rejeita os seus postulados positivistas — os protagonistas fogem, levando com eles a princesa inca prisioneira, e o romance termina com uma elegia à vida simples e cabocla. É claro, qualquer visão desse Brasil despreocupado, sossegado, foi esmagada pela ideia de progresso a qualquer preço e pela competição capitalista, modelada em torno dos Estados Unidos do pós-guerra.

A obra de visão crítica mais peculiar e que serve de antídoto às outras inspiradas pelo darwinismo social tão marcadamente wellsiano, é, entretanto, *A Amazônia Misteriosa* (1925), de Gastão Cruls. Também inspirada em Wells, mais especificamente no romance de 1896, *A Ilha do Dr. Moreau*, Cruls inverte o sentido dos experimentos de Moreau, que no romance de Wells possuem dimensão metafísica, e os transforma puramente em exploração do mais fraco. Um médico e um caboclo se perdem de seu grupo em viagem à Amazônia e terminam prisioneiros das lendárias amazonas. Junto a elas se encontra o Prof. Hartmann, cientista alemão casado com a bela francesa Rosina. Hartmann emprega as crianças do sexo masculino, rejeitadas pelas amazonas, em experimentos científicos. Em dado instante o protagonista — médico como Cruls — viaja ao passado sob os efeitos de uma droga alucinatória de uso entre as mulheres guerreiras, e é confrontado pelo próprio Atahualpa, com uma descrição dos abusos impostos às Américas pelos europeus. Hartmann, assim como todo o discurso científico que o anima (com suas implicações darwinistas e eurocêntricas), representa apenas mais um abuso.

Durante a década de 1930, uma face mais *pulp* — associada a todo um temário e imagética produzida pela era das *pulp magazines* nos Estados Unidos — se instalou na literatura brasileira, através da prolífica pena de Jerônymo Monteiro (1908-1970). Para o rádio ele criou o detetive Dick Peter, que, como muitos heróis-*pulp*, se envolvia em ações muito próximas da ficção científica, com engenhos e monstros ameaçadores. Transposto para a ficção, Dick Peter fez sucesso com Monteiro assinando como "Ronnie Wells" (o último nome se constituindo numa homenagem clara a H. G. Wells, seu autor favorito e maior influência).

Antes de Monteiro, porém, praticou uma ficção científica brasileira com aspectos *pulp* o jornalista Berilo Neves (1901-1974). Seus contos, publicados em revistas e jornais nas décadas de 1920 e 30, e reunidos nos volumes *A Costela de Adão* (1932) e *Século XXI* (1934), falavam de invenções e futuros para o Brasil e o mundo, mas sempre com um conteúdo satírico. Seus principais alvos eram a frivolidade feminina e os movimentos feministas. Causando surpresa ao leitor de hoje, sua misoginia também se refletia numa condenação do sentimento romântico no homem. O enredo típico apresenta a invenção de um aparelho que substitui a mulher na reprodução humana, tornando-a obsoleta — ou então a viagem a um futuro em que os papéis sexuais foram grotescamente invertidos. Um comentador da época, Manuelito D'Ornelas, notou que aparentemente o fato de Neves falar mal das mulheres de algum modo o tornava um dos autores preferidos do público feminino. Os dois livros foram *best-sellers* no seu tempo, e Neves foi declarado pela crítica como alguém que escrevia na linha de Verne e de Wells.

A influência de Wells se manifesta ainda mais claramente no romance de Jerônymo Monteiro, *3 Meses no Século 81* (1947), que mistura aspectos de *A Guerra dos Mundos* (1898), *A Máquina do Tempo* (1895) e *When the Sleeper Wakes* (1899). O seu protagonista, Campos, um industrioso brasileiro, confronta o próprio Wells com a possibilidade de realizar o feito do Viajante do Tempo, no romance de 1895. Mas como poderia um brasileiro em 1946 reunir os recursos tecnológicos para a empreitada? Monteiro, ciente da situação precária da ciência brasileira, mas nem por isso dirimido na tarefa de criar uma aventura de verdade, leva Campos ao futuro pela "transmigração da alma", provocada por médiuns recrutados pelo personagem. O viajante do tempo tupiniquim desperta no corpo recém-atropelado de um importante empresário, e rapidamente se familiariza com o futuro em que foi parar. Não apenas o herói de Monteiro de fato viaja no tempo, como, estando lá, age sobre os fatos, liderando uma rebelião de humanistas contra a elite massificadora da Terra futura, aliando-se aos marcianos com quem o nosso planeta está em guerra. Monteiro mostrou que não apenas de capacitação tecnológica se protagoniza o processo histórico, mas também de vontade individual e coletiva, de suas forças espirituais. O elemento aventuresco denuncia essa disposição. Monteiro iria produzir ainda uma outra obra notável, *Fuga para Parte Alguma* (1961), chamada de "um marco da ficção científica brasileira" pelo crítico Fausto

Cunha. Trata-se de uma espécie de sequência do romance anterior, agora narrando a derrocada final da humanidade.

No romance *O Homem que Viu o Disco-Voador* (1958), de Rubens Teixeira Scavone, os brasileiros são ao mesmo tempo atores e observadores num drama que se desenrola na paisagem brasileira de São Paulo e da Ilha da Trindade. O comandante Eduardo Germano de Resende vê sua vida transformada quando, em voo, testemunha a aparição de um objeto voador não-identificado. Mais tarde os tripulantes do OVNI fazem contato com ele e determinam que vá encontrar-se com eles, na afastada ilha brasileira. Scavone quis realizar ao mesmo tempo uma descrição didática do fenômeno OVNI e uma jornada verniana pela paisagem brasileira.

Tanto Monteiro quanto Scavone mais tarde se integraram ao esforço que o editor baiano Gumercindo Rocha Dorea viria a realizar, no período de 1960 a 1965, para dar coerência e cara própria à ficção científica brasileira, através da coleção Ficção Científica GRD. Convidou autores consagrados, que aqui e ali haviam dado mostras de simpatia pelo gênero, e aqueles que, anos antes, já haviam se aventurado em suas águas. Entre os nomes de peso que atraiu para o gênero estavam Dinah Silveira de Queiroz, Antonio Olinto e Leon Eliachar. Suas descobertas mais interessantes porém foram André Carneiro, Fausto Cunha (já então um crítico de expressão), e Levy Menezes. Cunha produziu a apreciada coletânea *As Noites Marcianas* (1960), e Menezes a sua *O 3.º Planeta* (1965), onde encontramos um forte candidato a clássico nacional no conto "O Último Artilheiro", ficção de pós-apocalipse que atualiza o motivo da "casa senhorial" na FC brasileira, dando-lhe a face sombria que ela frequentemente evoca. (Menezes era arquiteto e certamente divertiu-se com as especulações em torno da casa automatizada descrita no conto.) É de Dorea a primeira reunião de contos nacionais de FC em um único volume, a *Antologia Brasileira de Ficção Científica*, de 1961, e a segunda, *Histórias do Acontecerá*, no mesmo ano.

É bom lembrar que a iniciativa de Dorea deu frutos também por, aparentemente, inspirar o trabalho da EdArt, que publicou a antologia *Além do Tempo e do Espaço: 13 Contos de Ciencificção* (1965), com trabalhos de Monteiro, Scavone, Carneiro, Lygia Fagundes Teles, Domingos Carvalho da Silva, e outros. De Silva temos nesse volume outra obra de menção obrigatória, "Água de Nagasáqui", com o conto de Menezes, uma das mais fortes expressões já produzida entre nós do temor à guerra nuclear — muito comum, aliás, aos autores da época. A coleção da EdArt, Ciencificção, publicou as duas importantes coletâneas de André Carneiro, *Diário da Nave Perdida* (1963), na qual se encontra a sua obra-prima, "A Escuridão", também antologizada várias vezes no exterior, e *O Homem que Adivinhava* (1966). Outro volume da editora paulista que deve ser mencionado é *Mil Sombras da Nova Lua* (1968), de Nilson D. Martello. Carvalho da Silva publicaria outro volume extraordinário, *A Véspera dos Mortos* (1966), pela Editora Coliseu.

A esses autores Fausto Cunha batizou de "Geração GRD", no ensaio "Ficção Científica no Brasil: Um Planeta Quase Desabitado", de 1976.

Enquanto o inglês Wells foi o autor estrangeiro de maior influência entre os nacionais nas primeiras três ou quatro décadas do século XX, entre o que chamamos de "Pioneiros" (ou os que vieram antes da Geração GRD), nos anos 1960 o americano Ray Bradbury se instalava aqui como o nome de maior ressonância. Sua FC de imaginação não limitada pela ciência, de amplos voos românticos e amparada por um lirismo muito ao gosto do brasileiro, calou entre nós e deixou suas digitais em obras como *As Noites Marcianas*, e em contos de Carneiro e de Scavone (deste último reunidos pela primeira vez em *O Diálogo dos Mundos*, de 1961, e depois em *Passagem para Júpiter e Outras Histórias*, de 1971). Scavone, aliás, ajudou a manter a chama acesa na década seguinte, depois que as iniciativas das Edições GRD e da EdArt se descontinuaram. O golpe de misericórdia parece ter sido o Simpósio de FC, que o fã e tradutor José Sanz organizou no Rio de Janeiro em 1969. Trouxe para o mundo embrionário da FC brasileira uma avalanche de grandes nomes internacionais, gente do calibre de Robert A. Heinlein, J. G. Ballard, Brian W. Aldiss, Harry Harrison, Robert Bloch, Arthur C. Clarke, Philip José Farmer, John Brunner, Harlan Ellison, e ditou o que seria o caminho do gênero no Brasil para os próximos anos: a importação da ficção científica anglo-americana.

Claro, não havia muito desejo da Geração GRD — no que vem sendo chamado internacionalmente de "A Primeira Onda da Ficção Científica Brasileira" — em inventar para o gênero uma cara e um corpo brasileiros, monstro de Frankenstein de rosto moreno e disposição tropical (em seu romance clássico, Mary Shelley sugere que a criatura fugiria, com a companheira feminina que exigia do seu criador, para as vastas amplidões da América do Sul — uma deixa que os brasileiros falharam em pegar). Salvo por Monteiro e uns poucos outros partícipes da Primeira Onda, a representação da "experiência brasileira" — algo que os Pioneiros fizeram, bem ou mal — parecia uma busca a se dar fora das fronteiras da FC.

Se temos um nome para a FC feita nas primeiras décadas do século XX até 1960, e um nome para a feita entre 1960 e 1969, não há nenhuma denominação corrente para aquela que se manifestou nos anos 1970. Temos o "Período dos Pioneiros", seguido da "Primeira Onda", e então o "interregno" dos anos 1970, o que realmente não soa bem. Sinal de como essa produção não calou no coração dos fãs e dos poucos observadores que se dedicam a apreciar e compreender o gênero, em sua prática nacional.

O que talvez seja injusto. Um dos aspectos interessantes da FC na década de 1970 foi a função *política* que ela assumiu, por conta do seu emprego como crítica disfarçada ao regime militar. Obras como *O Rosto Perdido* (1970), de Almeida Fisher; *Adaptação do Funcionário Ruam* (1975), de Mauro Chaves; *O*

Fruto do Vosso Ventre, de Herberto Sales (1976, um ganhador do Prêmio Jabuti); e *Asilo nas Torres* (1979), de Ruth Bueno, talvez mereçam a atenção dos pesquisadores exatamente por essa politização, embora escritas por autores com pouco conhecimento específico de ficção científica. M. Elizabeth Ginway, brasilianista da Universidade da Flórida em Gainesville, investiga exatamente esse período (assim como o da Geração GRD) no livro *Ficção Científica Brasileira: Mitos Culturais e Nacionalidade no País do Futuro* (Devir, 2004).

Nesse mesmo espírito, tivemos a primeira narrativa mais longa de André Carneiro, a novela *Piscina Livre* (1980), também publicada na Suécia, e os romances *Não Verás País Nenhum* (1982), de Ignácio de Loyola Brandão, e *A Ordem do Dia* (1983), de Márcio Souza, já adentrando à década de 1980. Um autor surgido na década de 1970, mas com um conhecimento maior do gênero e muito influenciado por Isaac Asimov, foi Gerald C. Izaguirre, como os romances *Espaço sem Tempo* (1977) e *Fenda no Espaço* (1980). Izaguirre chegou a representar o Brasil num congresso da organização World Science Fiction, na Irlanda.

Em modesta edição, surgiu em 1985 a novela *O Outro Lado do Protocolo*, de Paulo de Sousa Ramos, um dos melhores textos nacionais de distopia, brincando com o controle social, com a sexualidade e o envelhecimento, num texto elíptico e elegantemente escrito, com formulações metaficcionais. E, enfim, 1985 também nos trouxe o primeiro marco da "Segunda Onda", o romance *Padrões de Contato*, de Jorge Luiz Calife, livro I da sua trilogia de idêntico título.

Mas cumpre retornar a 1982 e tratar do evento mais significativo, aquilo que de fato marca a face determinante da Segunda Onda: o surgimento de uma nova comunidade de fãs de FC, ou *fandom*.

O Primeiro Fandom, claro, foi contemporâneo à Primeira Onda e à Geração GRD. Esteve articulado em torno de Jerônymo Monteiro, e durou aproximadamente de 1965 a 1970. Em 1965 esses fãs realizaram a I Convenção Brasileira de Ficção Científica em São Paulo, e publicaram o primeiro fanzine (revista de fãs) de que se tem notícia, *O CoBra* (distribuído na *Convenção Bra*sileira). Na convenção foi fundada a Associação Brasileira de Ficção Científica, que chegou a figurar como organismo "consultor", no *Magazine de Ficção Científica*, de 1970 a 1971. Outro evento organizado por um fã foi o Simpósio de FC, em 1969, considerado como o primeiro encontro internacional de profissionais, ou *international meeting* da história do gênero. Harry Harrison e Brian Aldiss, que estiveram aqui, gostaram tanto da ideia que a levaram em 1971 para Tóquio. *International meetings* acontecem ainda, em várias partes do mundo.

Por volta de 1981-82, dois fanzines surgiram no Brasil, um em São Paulo e outro em Porto Alegre. Ambos a partir de associações primeiramente destinadas à astronomia amadora. Eram eles o *Star News* e o *Boletim Antares*. Logo outros fanzines surgiram e novos clubes centrados exclusivamente em ficção científica ou em segmentos da ficção científica (literária ou cinematográfica e televisiva). Essa rede de fã-clubes e de revistas de fãs propiciou o surgimento de uma nova geração de autores, inclusive Jorge Luiz Calife, cujo primeiro conto foi publicado pelo Clube de Ficção Científica Antares. Em 1985, Calife se tornou uma celebridade entre os fãs, ao receber um agradecimento de ninguém menos que Arthur C. Clarke, por ter-lhe fornecido a inspiração para a tão aguardada sequência de *2001: Uma Odisséia no Espaço*. O texto que Calife havia enviado a Clarke foi transformado no conto "2002" e publicado na revista *Manchete* (republicado em 2001 na revista *Quark*). Em seguida Calife lançou no mesmo ano *Padrões de Contato*, em 1986 *Horizonte de Eventos*, e em 1991 *Linha Terminal*, completando a primeira trilogia de ficção científica *hard* já produzida por um brasileiro.

Ser um escritor de FC *hard* é um diferencial de Calife. Sua imaginação trilha os mesmos espaços de Clarke, Larry Niven, David Brin, Gregory Benford e outros norte-americanos e ingleses que escrevem essa FC dentro de uma perspectiva grandiosa e arrojada, mas amparadas pelas especulações da física e da química, eletrônica e outras áreas das ciências exatas. Calife também difundiu sua FC *hard* nas páginas de revistas masculinas como *Playboy* e *EleEla*, em contos de um erotismo sutil. Foi publicado na França, na revista *Antarès—science fiction et fantastique sans frontieres* editada por Jean-Pierre Moumon, e recentemente lançou a sua primeira coletânea de histórias, *As Sereias do Espaço* (2001).

Outros autores surgidos das páginas dos fanzines foram Braulio Tavares, Gerson Lodi-Ribeiro, Ivan Carlos Regina, José dos Santos Fernandes, Carlos Orsi, Roberto Schima, para citar um punhado dos mais ativos nos anos oitenta e noventa.

Mil novecentos e noventa foi um ano particularmente bom. *A Espinha Dorsal da Memória*, de Braulio Tavares, chegou ao Brasil nesse ano, depois de ser publicada em 1989 em Portugal, na robusta coleção Caminho Ficção Científica (tendo vencido um concurso promovido pela editora). Trata-se de uma coletânea tão boa quanto às de Carneiro e Scavone, a primeira com tal qualidade a surgir em quase vinte anos. O livro apresenta à FC brasileira novas relações, com influência do realismo mágico latino-americano e da literatura pós-modernista. A segunda parte é composta de contos interligados, que falam de um primeiro contato com formas de vida alienígenas, cuja mera presença precipita o ser humano em uma nova jornada. O texto é vibrante, elíptico e entrecortado. Tavares continuaria publicando ao longo da década, e ganhando respeito junto à crítica não-especializada. Sua segunda coletânea foi *Mundo Fantasmo* (de uma fala de Riobaldo em *Grande Sertão: Veredas*), de 1997.

Também em 1990, Henrique Flory publicou o romance *Projeto Evolução*, uma história de fim de mundo clarkeana, mas com um texto mais vigoroso. O autor já havia levantado as esperanças brasileiras em 1988, com seu primeiro livro, a coletânea *Só Sei que Não Vou por Aí!*, o primeiro título nacional lançado por Gumercindo Rocha Dorea, na segunda fase da respeitada coleção Ficção Científica GRD (a coleção também incluiu *Linha Terminal*, de Calife). Da mesma editora surgiu no mesmo ano *O Outro Lado do Tempo*, de José dos Santos Fernandes, com a noveleta "A Janela do Segundo Andar", outra história de visor temporal. Nela, um jovem estudante muda-se para a casa do tio cientista, que havia criado um aparelho visor do tempo, montado como uma janela no andar de cima do sobrado. O protagonista passa a observar o que vê do outro lado da janela — o cotidiano do século XIX — e se apaixona por uma jovem que ele vê passar com frequência, em uma carruagem. Quando ela é atacada por salteadores, ele manda às favas a ordem do tio de jamais tocar o visor-janela, e salta para o seu socorro. Se pensamos na noveleta como inserida na mesma linha de *O Presidente Negro* e *Viagem à Aurora do Mundo*, ela surge como um despertar, um suspiro de alívio, e um custoso grito de liberdade de uma ficção científica que ficou por tempo demais presa à indolência imaginativa inspirada pela descrença na sociedade brasileira e de sua capacidade para a ação e a transformação. Não é de se estranhar que essa transposição do limiar entre o testemunho da aventura alheia e o agir sobre a nossa, muito bem simbolizado pela janela, tenha vindo cinco anos após o fim da ditadura militar e bem dentro do processo de democratização do país.

A ficção científica brasileira de hoje avançou muito em relação à Primeira Onda. É mais variada, com vozes múltiplas tratando de temas diversos, alguns mais praticados que outros. A história alternativa em especial é um subgênero da FC que vem sendo muito exercitado, por influência direta de Gerson Lodi-Ribeiro. Outras formas de ficção científica nacional devem algo às teorias pós-modernistas, aos experimentalismos formais e a subgêneros mais recentes, nascidos na ficção científica anglo-americana, como o *cyberpunk*, às vezes assumindo uma expressão mais sincrética e menos tecnológica, que vem sendo chamada por mim, com alguma ironia, de "tupinipunk" — com autores como Tavares, Regina, Guilherme Kujawski e Fausto Fawcett como expoentes.

O maior experimento, porém, talvez seja adaptar um gênero literário tão associado ao primeiro mundo e aos Estados Unidos em especial, ao nosso contexto ainda terceiro-mundista e de pouca expressão científica e tecnológica. A questão, que passou *grosso modo* despercebida durante a Primeira Onda, assumiu finalmente a forma de um debate aberto, a partir do também irônico "Manifesto Antropofágico da Ficção Científica Brasileira", lançado por Ivan Carlos Regina em 1988. O seu movimento — que ficou conhecido como Movimento Antropofágico da FC Brasileira — foi bem-sucedido em levantar a questão, mas não em lhe dar um argumento sólido e bem articulado. O movimento foi encerrado em 1995, embora as polêmicas por ele geradas ainda estejam em circulação, dentro do fandom brasileiro.

Alguns escritores claramente realizaram a façanha de empregar a FC para falar do Brasil, e empregar o Brasil para transformar a FC. Um dos mais bem sucedidos é Ivanir Calado, com trabalhos como a noveleta "O Altar dos nossos Corações" (1993). Outro é Gerson Lodi-Ribeiro, com a história alternativa "A Ética da Traição" (1993).

Neste volume estão onze histórias, de Machado de Assis, o maior nome da literatura nacional, até o desconhecido Ricardo Teixeira, de 1882 a 1997 — mais de cem anos de ficção científica feita por brasileiros, demonstrando que o gênero teve e tem um papel na representação da "experiência brasileira", e merece um lugar no cenário das letras nacionais. São histórias variadas em tom e atmosfera, que dão conta da diversidade temática e de estilos da ficção científica, e do seu potencial para combinar-se com outras formas e perspectivas, literárias e científicas, recriando-se infinitamente. A Literatura da Mudança irá abraçar, mesmo no Brasil, as transformações que a farão avançar pelo novo século e a um novo universo de percepções e sensibilidades, que cabe a ela mapear.

R.S.C.
São Paulo, julho de 2007

O IMORTAL
Machado de Assis

O tema da imortalidade está firmemente arraigado nas tradições da ficção científica. Tanto que mereceu um verbete na The Encyclopedia of Science Fiction, *de 1993. "A imortalidade é um dos motivos básicos do pensamento especulativo; o elixir da vida e a fonte da juventude são objetivos hipotéticos das clássicas buscas intelectuais e exploratórias", lá escreveu o autor e crítico inglês, Brian Stableford. São citados como precursores as fantasias góticas (uma das fontes da* FC*)* St. Leon *(1799), de William Godwin;* Melmoth the Wanderer *(1820), de Charles Maturin;* The Wandering Jew *(1844-45), de Eugène Sue; e* Auriol *(1850), de W. Harrison Ainsworth. Qualquer uma dessas obras pode ter inspirado Machado de Assis (1839-1908) a escrever "O Imortal" com certo "clima" de narrativa fantasmagórica, primeiro publicado em 1882, entre 15 de julho e 15 de setembro, em seis partes, na revista feminina carioca* A Estação *(mas baseado num outro conto de Machado, "Rui de Leão", publicado dez anos antes).*
Machado de Assis, que dispensa apresentações, trata de uma poção indígena que dá imortalidade a quem a bebe, o que talvez não baste para definir a obra como ficção científica. O próprio autor, porém, oferece um argumento de rara presciência: "A ciência de um século não sabia tudo; outro século vem e passa adiante. Quem sabe se os homens não descobrirão um dia a imortalidade, e se o elixir científico não será esta mesma droga selvática?" Não que tenhamos descoberto tal segredo, mas a medicina indígena vem sendo alvo de atenções da ciência, com intensidade cada vez maior. Também na conclusão se estabelece uma saída científica para o dilema do imortal, baseada na homeopatia, medicina muito em voga no Brasil do século XIX*. Em análise inédita, o Prof. João*

Adolfo Hansen, da Universidade de São Paulo, observa ainda que essa história exige um outro plano de leitura: "A estilização [no conto] mantém as características originais do estilo romanesco da arte e da vida dos românticos, para subordiná-las a outro fim, transformando o sério do ideal num pastiche irônico", e "'O Imortal' propõe sub-repticiamente ao leitor do seu tempo a experiência da historicidade dos modos de escrever e consumir ficção."

— Meu pai nasceu em 1600...
— Perdão, em 1800, naturalmente...
— Não, senhor — replicou o Dr. Leão, de um modo grave e triste —, foi em 1600.

Estupefação dos ouvintes, que eram dois, coronel Bertioga, e o tabelião da vila, João Linhares. A vila era na província fluminense; suponhamos Itaboraí ou Sapucáia. Quanto à data, não tenho dúvida em dizer que foi no ano de 1855, uma noite de novembro, escura como breu, quente como um forno, passante de nove horas. Tudo silêncio. O lugar em que os três estavam era a varanda que dava para o terreiro. Um lampião de luz frouxa, pendurado de um prego, sublinhava a escuridão exterior. De quando em quando, gania um seco e áspero vento, mesclando-se ao som monótono de uma cachoeira próxima. Tal era o quadro e o momento, quando o Dr. Leão insistiu nas primeiras palavras da narrativa.

— Não, senhor; nasceu em 1600.

Médico homeopata — a homeopatia começava a entrar nos domínios da nossa civilização —, este Dr. Leão chegara à vila dez ou doze dias antes, provido de boas cartas de recomendações, pessoais e políticas. Era um homem inteligente, de fino trato e coração benigno. A gente da vila notou-lhe certa tristeza no gesto, algum retraimento nos hábitos, e até uma tal ou qual sequidão de palavras, sem embargo da perfeita cortesia; mas tudo foi atribuído ao acanho dos primeiros dias e às saudades da Corte. Contava trinta anos, tinha um princípio de calva, olhar baço e mãos episcopais. Andava propagando o novo sistema.

Os dois ouvintes continuavam pasmados. A dúvida fora posta pelo dono da casa, o coronel Bertioga, e o tabelião ainda insistiu no caso, mostrando ao médico a impossibilidade de ter o pai nascido em 1600. Duzentos e cinquenta e cinco anos antes! Dois séculos e meio! Era impossível. Então, que idade tinha ele? E de que idade morreu o pai?

— Não tenho interesse em contar-lhes a vida de meu pai — respondeu o Dr. Leão. — Falaram-me no macróbio que mora nos fundos da matriz; disse-lhes que, em negócios de macróbios, conheci o que há mais espantoso no mundo, um homem imortal...

— Mas seu pai não morreu? — disse o coronel.

— Morreu.

— Logo, não era imortal — concluiu o tabelião triunfante. — Imortal se diz quando uma pessoa não morre, mas seu pai morreu.

— Querem ouvir-me?

— Homem, pode ser — observou o coronel, meio abalado. — O melhor é ouvir a história. Só o que digo é que mais velho do que o Capataz nunca vi ninguém. Está mesmo caindo de maduro. Seu pai devia estar também muito velho?...

— Tão moço como eu. Mas para que me fazem perguntas soltas? Para se espantarem cada vez mais, porque na verdade a história de meu pai não é fácil de crer. Posso contá-la em poucos minutos.

Excitava a curiosidade, não foi difícil impor-lhes silêncio. A família toda estava acomodada, os três eram sós na varanda, o Dr. Leão contou enfim a vida do pai, nos termos em que o leitor vai ver, se dar ao trabalho de ler o segundo e os outros capítulos.

II

— Meu pai nasceu em 1600, na cidade do Recife.

"Aos vinte e cinco anos tomou o hábito franciscano, por vontade de minha avó, que era profundamente religiosa. Tanto ela como o marido eram pessoas de bom nascimento — 'bom sangue', como dizia meu pai, afetando a linguagem antiga.

"Meu avô descendia da nobreza de Espanha, e minha avó era de uma grande casa de Alentejo. Casaram-se ainda na Europa, e, anos depois, por motivos que não vêm ao caso dizer, transportaram-se ao Brasil, onde ficaram e morreram. Meu pai dizia que poucas mulheres tinha visto tão bonitas como minha avó. E olhem que ele amou as mais esplêndidas mulheres do mundo. Mas não antecipemos.

"Tomou meu pai o hábito, no convento de Iguarassú, onde ficou até 1639, ano em que os holandeses, ainda uma vez, assaltaram a povoação. Os frades deixaram precipitadamente o convento; meu pai, mais remisso do que os outros (ou já com o intento de deixar o hábito às urtigas), deixou-se ficar na cela, de maneira que os holandeses o foram achar no momento em que recolhia alguns livros pios e objetos de uso pessoal. Os holandeses não o trataram mal. Ele os regalou com o melhor da ucharia* franciscana, onde a pobreza é de regra. Sendo uso d'aqueles frades alternarem-se no serviço da cozinha, meu pai entendia da arte, e esse talento foi mais um encanto ao parecer do inimigo.

"No fim de duas semanas, o oficial holandês ofereceu-lhe um salvo-conduto, para ir aonde lhe parecesse; mas meu pai não o aceitou logo, querendo primeiro considerar se devia ficar com os holandeses, e à sombra deles, desamparar a Ordem, ou se lhe era melhor buscar vida por si mesmo. Adotou o segundo alvitre, não só por ter o espírito aventureiro, curioso e audaz, como porque era patriota, e bom católico, apesar de repugnância à vida monástica, e não quisera misturar-se com o herege invasor. Aceitou o salvo-conduto e deixou Iguarassú.

"Não se lembrava ele, quando me contou essas cousas, não se lembrava mais do número de dias que despendeu sozinho por lugares ermos, fugindo de propósito ao povoado, não querendo ir

---

* Despensa.

a Olinda ou Recife, onde estavam os holandeses. Comidas as provisões que levava, ficou dependente de alguma caça silvestre e frutas. Deitara, com efeito, o hábito às urtigas; vestia uns calções flamengos que o oficial lhe dera, e uma camisola ou jaquetão de couro. Para encurtar razões, foi ter a uma aldeia de gentio, que o recebeu muito bem, com grandes carinhos e obséquios. Meu pai era talvez o mais insinuante dos homens. Os índios ficaram embeiçados por ele, mormente o chefe, um guerreiro velho, bravo e generoso, que chegou a dar-lhe a filha em casamento. Já então minha avó era morta, e meu avô desterrado para a Holanda, notícias que meu pai teve, casualmente, por um antigo servo da casa. Deixou-se estar, pois, na aldeia, com o gentio, até o ano de 1642, em que o guerreiro faleceu. Este caso do falecimento é que é maravilhoso: peço-lhes maior atenção."

O coronel e o tabelião aguçaram os ouvidos, enquanto o Dr. Leão extraia pausadamente uma pitada e inseria-a no nariz, com a pachorra de quem está negaceando uma coisa extraordinária.

III

— Uma noite, o chefe indígena — chamava-se Pirajuá — foi à rede de meu pai, anunciou-lhe que tinha de morrer, pouco depois do nascer do sol, e que ele estivesse pronto para acompanhá-lo fora, antes do momento último. Meu pai ficou alvoroçado, não por lhe dar crédito, mas por supô-lo delirante. Sobre a madrugada, o sogro veio ter com ele.

— Vamos — disse-lhe.

— Não, agora não: estás fraco, muito fraco...

— Vamos! — repetiu o guerreiro.

E, à luz de uma fogueira expirante, viu-lhe meu pai a expressão intimativa do rosto, e um certo ar diabólico, em todo caso extraordinário, que o aterrou. Levantou-se, acompanhou-o na direção de um córrego. Chegando ao córrego, seguiram pela margem esquerda acima, durante um tempo que meu pai calculou ter sido um quarto de hora. A madrugada acentuava-se; a lua fugia diante dos primeiros anúncios do sol. Contudo, e apesar da vida do sertão que meu pai levava desde alguns tempos, a aventura assustava-o; seguia vigiando o sogro, com receio de alguma traição. Pirajuá ia calado, com os olhos no chão, e a fronte carregada de pensamentos, que podiam ser cruéis ou somente tristes. E andaram, andaram, até que Pirajuá disse:

— Aqui.

Estavam diante de três pedras, dispostas em triângulo. Pirajuá sentou-se numa, meu pai n'outra. Depois de alguns minutos de descanso:

— Arreda aquela pedra — disse o guerreiro, apontando para a terceira, que era a maior.

Meu pai levantou-se e foi à pedra. Era pesada, resistiu ao primeiro impulso; mas meu pai teimou, aplicou todas as forças, a pedra cedeu um pouco, depois mais, enfim foi removida do lugar.

— Cava o chão — disse o guerreiro.

Meu pai foi buscar uma lasca de pau, uma taquara ou não sei que, e começou a cavar o chão. Já então estava curioso de ver o que era. Tinha-lhe nascido uma ideia — algum tesouro enterrado, que o guerreiro, receoso de morrer, quisesse entregar-lhe. Cavou, cavou, cavou, até que sentiu um objeto rijo; era um vaso tosco, talvez uma igaçaba. Não o tirou, não chegou mesmo a arredar a terra em volta dele. O guerreiro aproximou-se, desatou o pedaço de couro de anta que lhe cobria a boca, meteu dentro o braço, e tirou um boião. Este boião tinha a boca tapada com outro pedaço de couro.

— Vem cá — disse o guerreiro.

Sentaram-se outra vez. O guerreiro tinha o boião sobre os joelhos, tapado, misterioso, aguçando a curiosidade de meu pai, que ardia por saber o que havia ali dentro.

— Pirajuá vai morrer — disse ele. — Vai morrer para nunca mais. Pirajuá ama guerreiro branco, esposo de Maracujá, sua filha; e vai mostrar um segredo como não há outro.

Meu pai estava trêmulo. O guerreiro desatou lentamente o couro que tapava o boião. Destapado, olhou para dentro, levantou-se, e veio mostrá-lo a meu pai. Era um líquido amarelado, de um cheiro acre e singular.

— Quem bebe isto, um gole só, nunca mais morre.
— Oh! Bebe, bebe! — exclamou meu pai com vivacidade.

Foi um movimento de afeto, um ato irrefletido de verdadeira amizade filial, porque só um instante depois é que meu pai advertiu que não tinha, para crer na notícia que o sogro lhe dava, senão a palavra do mesmo sogro, cuja razão supunha perturbada pela moléstia. Pirajuá sentiu o espontâneo da palavra de meu pai, e agradeceu-lho; mas abanou a cabeça.

— Não — disse ele. — Pirajuá não bebe, Pirajuá quer morrer. Está cansado, viu muita lua, muita lua. Pirajuá quer descansar na terra, está aborrecido. Mas Pirajuá quer deixar este segredo a guerreiro branco; está aqui; foi feito por um velho pajé de longe, muito longe... Guerreiro branco bebe, não morre mais.

Dizendo isto, tornou a tapar a boca do boião, e foi metê-lo outra vez dentro da igaçaba. Meu pai fechou depois a boca da mesma igaçaba, e repôs a pedra em cima. O primeiro clarão do sol vinha apontando. Voltaram para casa depressa; antes mesmo de tornar à rede, Pirajuá faleceu.

Meu pai não acreditou na virtude do elixir. Era absurdo supor que um tal líquido pudesse abrir uma exceção na lei da morte. Era naturalmente algum remédio, se não fosse algum veneno; e neste caso, a mentira do índio estava explicada pela turbação mental que meu pai lhe atribuiu. Mas, apesar de tudo, nada disse aos demais índios da aldeia, nem à própria esposa. Calou-se — nunca me revelou o motivo do silêncio; creio que não podia ser outro senão o próprio influxo do mistério.

Tempos depois, adoeceu, e tão gravemente que foi dado por perdido. O curandeiro do lugar anunciou a Maracujá que ia ficar viúva. Meu pai não ouviu a notícia, mas leu-a em uma página de lágrimas, no rosto da consorte, e sentiu em si mesmo que estava acabado. Era forte, valoroso, capaz de encarar todos os perigos; não se aterrou, pois, com a ideia de morrer, despediu-se dos vivos, fez algumas recomendações e preparou-se para a grande viagem.

 Alta noite, lembrou-se do elixir, e perguntou a si mesmo se não era acertado tentá-lo. Já agora a morte era certa, que perderia ele com a experiência? A ciência de um século não sabia tudo; outro século vem e passa adiante. Quem sabe, dizia ele consigo, se os homens não descobrirão um dia a imortalidade, e se o elixir científico não será esta mesma droga selvática? O primeiro que curou a febre maligna fez um prodígio. E, pensando assim, resolveu transportar-se ao lugar da pedra, à margem do arroio; mas não quis ir de dia, com medo de ser visto. De noite, ergueu-se, e foi trôpego, vacilante, batendo o queixo. Chegou à pedra, arredou-a, tirou o boião, e bebeu metade do conteúdo. Depois sentou-se para descansar. Ou o descanso, ou o remédio, alentou-o logo. Ele tornou a guardar o boião; dali a meia hora estava outra vez na rede. Na seguinte manhã estava bom...

— Bom de todo? — perguntou o tabelião João Linhares, interrogando o narrador.

— De todo.

— Era algum remédio para febre...

— Foi isso mesmo que ele pensou, quando se viu bom. Era algum remédio para febre e outras doenças; e nisto ficou; mas, apesar do efeito da droga, não a descobriu a ninguém. Entretanto, sem que meu pai envelhecesse; qual era no tempo da moléstia, tal ficou. Nenhuma ruga, nenhum cabelo branco. Moço, perpetuamente moço. A vida do mato começara a aborrecê-lo; ficara ali por gratidão ao sogro; as saudades da civilização vieram tomá-lo. Um dia, a aldeia foi invadida por uma horda de índios de outra, não se sabe por que motivo, nem importa ao nosso caso. Na luta pereceram muitos, meu pai foi ferido, e fugiu para o mato. No dia seguinte veio à aldeia e achou a mulher morta. As feridas eram profundas; curou-as com o emprego de remédios usuais; e restabeleceu-se dentro de poucos dias. Mas os sucessos confirmaramno no propósito de tornar à vida civilizada e cristã. Muitos anos se tinham passado depois da fuga do convento de Iguarassú; ninguém mais o reconheceria. Um dia de manhã deixou a aldeia, com o pretexto de ir caçar; foi primeiro ao arroio, desviou a pedra, abriu a igaçaba, tirou o boião, onde deixara um resto do elixir. A ideia dele era fazer analisar a droga na Europa, ou mesmo em Olinda ou no Recife, ou na Bahia, por algum entendido em cousas de química e farmácia. Ao mesmo tempo não podia furtar-se a um sentimento de gratidão; devia àquele remédio a saúde. Com o boião ao lado, a mocidade nas pernas e a resolução no peito, saiu dali, caminho de Olinda e da eternidade.

IV

— Não posso demorar-me em pormenores — disse o Dr. Leão, aceitando o café que o coronel mandara trazer. — São quase dez horas...

— Que tem? — perguntou o coronel. — A noite é nossa; e, para o que temos de fazer amanhã, podemos dormir quando bem nos parecer. Eu por mim não tenho sono. E você, João Linhares?

— Nem um pingo — respondeu o tabelião.

E teimou com o Dr. Leão para contar tudo, acrescentando que nunca ouvira nada tão extraordinário. Note-se que o tabelião presumia ser lido em histórias antigas, e passava na vila por um dos homens mais ilustres do Império; não obstante, estava pasmado. Ele contou ali mesmo, entre dois goles de café, o caso de Mathusalém, que viveu novecentos e sessenta e nove anos, e o de Lamech que morreu com setecentos e setenta e sete; mas explicou logo, porque era um espírito forte, que esses e outros exemplos da cronologia hebraica não tinham fundamento científico...

— Vamos, vamos ver agora o que aconteceu ao seu pai — interrompeu o coronel.

O vento, de esfalfado, morrera; e a chuva começava a rufar nas folhas das árvores, a princípio com intermitências, depois mais contínua e basta. A noite refrescou um pouco. O Dr. Leão continuou a narrativa, e, apesar de dizer que não podia demorar-se nos pormenores, contou-os com tanta miudeza, que não me atrevo a pô-los tais quais nestas páginas; seria fastidioso. O melhor é resumi-los.

Ruy de Leão, ou antes Ruy Garcia de Meirelles e Castro Azevedo de Leão, que assim se chamava o pai do médico, pouco se demorou em Pernambuco. Um ano depois, em 1654, cessava o domínio holandês. Ruy de Leão assistiu às alegrias da vitória, e passou-se ao reino, onde casou com uma senhora nobre de Lisboa. Teve um filho; e perdeu o filho e a mulher no mesmo mês de março de 1661. A dor que então padeceu foi profunda; para distrair-se visitou a França e a Holanda. Mas na Holanda, ou por motivo de uns amores secretos, ou por ódio de alguns judeus descendentes ou naturais de Portugal, com quem entreteve relações comerciais na Haia, ou enfim por outros motivos desconhecidos, Ruy de Leão não pôde viver tranquilo muito tempo; foi preso e conduzido para a Alemanha, d'onde passou à Hungria, algumas cidades italianas, à França, e finalmente à Inglaterra. Na Inglaterra estudou o inglês profundamente; e, como já sabia latim, aprendido no convento, o hebraico que lhe ensinara na Haia o famoso Spinoza, de quem foi amigo, e que talvez deu causa ao ódio que os outros judeus lhe criaram; o francês e o italiano, parte do alemão e do húngaro, tornou-se em Londres objeto de verdadeira curiosidade e veneração. Era buscado, consultado, ouvido, não só por pessoas do vulgo ou idiotas como por letrados, políticos e personagens da corte.

Convém dizer que em todos os países por onde andara tinha ele exercido os mais contrários ofícios: soldado, advogado, sacristão, mestre de dança, comerciante e livreiro. Chegou a ser agente secreto da Áustria, guarda pontifício e armador de navios. Era ativo, engenhoso, mas pouco persistente, a julgar pela variedade das cousas que empreendeu; ele, porém, dizia que não, que a sorte é que sempre lhe foi adversa. Em Londres, onde o vemos agora, limitou-se ao mister de letrado e gamenho[*]; não tardou que voltasse a Haia, onde o esperavam alguns dos amores velhos, e não pouco recentes.

Que o amor, força é dizê-lo, foi uma das causas da vida agitada e turbulenta do nosso herói. Ele era pessoalmente um homem galhardo, insinuante, dotado de um olhar cheio de força e magia. Segundo ele mesmo contou ao filho, deixou muito longe o algarismo don-juanesco das *mille* e *tre*. Não podia dizer o número exato das mulheres a quem amara, em todas as latitudes e línguas, desde a selvagem Maracujá, de Pernambuco, até à bela cipriota ou à fidalga dos salões de Paris e Londres; mas calculava em não menos de cinco mil mulheres. Imagina-se facilmente que uma tal multidão devia conter todos os gêneros possíveis da beleza feminil: louras, morenas, pálidas, coradas, altas, meãs, baixinhas, magras ou cheias, ardentes ou lânguidas, ambiciosas, devotas, lascivas, poéticas, prosaicas, inteligentes, estúpidas — sim, também estúpidas, e era opinião dele que a estupidez das mulheres tinha o sexo feminino, era graciosa, ao contrário da dos homens, que participava da aspereza viril.

— Há casos — dizia ele — em que uma mulher estúpida tem o seu lugar.

Na Haia, entre os novos amores, deparou-se-lhe um que o prendeu por longo tempo: *lady* Emma Sterling, senhora inglesa, ou antes escocesa, pois descendia de uma família de Dublin[**]. Era formosa, resoluta, e audaz — tão audaz que chegou a propor ao amante uma expedição a Pernambuco para conquistar a capitania, e aclamarem-se reis do novo Estado. Tinha dinheiro, podia levantar muito mais, chegou mesmo a sondar alguns armadores e comerciantes, e antigos militares que ardiam por uma desforra. Ruy de Leão ficou aterrado com a proposta da amante, e não lhe deu crédito; mas *lady* Emma insistiu e mostrou-se tão de rocha, que ele

---

[*] Janota, afetado no vestir.
[**] Há um erro aqui, pois Dublin é cidade irlandesa, e não escocesa.

reconheceu enfim achar-se diante de uma ambiciosa verdadeira. Era, todavia, homem de senso; viu que a empresa, por mais bem organizada que fosse, não passaria de tentativa desgraçada; disse-lho a ela; mostrou-lhe que, se a Holanda inteira tinha recuado, não era fácil que um particular chegasse a obter ali domínio seguro, nem ainda instantâneo. *Lady* Emma abriu mão do plano, mas não perdeu a ideia de o exalçar* a alguma grande situação.

— Tu serás rei ou duque...
— Ou cardeal — acrescentava ele, rindo.
— Por que não cardeal?

Lady Emma fez com que Ruy de Leão entrasse daí a pouco na conspiração que deu em resultado a invasão da Inglaterra, a guerra civil, e a morte enfim dos principais cabos da rebelião. Vencida esta, *lady* Emma não se deu por vencida. Ocorreu-lhe então uma ideia espantosa. Ruy de Leão inculcava ser o próprio pai do Duque de Monmouth, suposto filho natural de Carlos II, e caudilho principal dos rebeldes. A verdade é que eram parecidos como duas gotas d'água. Outra verdade é que *lady* Emma, por ocasião da guerra civil, tinha o plano secreto de fazer matar o duque, se ele triunfasse, e substituí-lo pelo amante, que assim subiria ao trono da Inglaterra. O pernambucano, escusado é dizê-lo, não soube de semelhante aleivosia, nem lhe daria o seu assentimento. Entrou na rebelião, via-a perecer no sangue e no suplício, e tratou de esconder-se. Emma acompanhou-o; e, como a esperança do cetro não lhe saía do coração, passado algum tempo fez correr que o duque não morrera, mas sim um amigo tão parecido com ele, e tão dedicado, que o substituiu no suplício.

— O duque está vivo e dentro de pouco aparecerá ao nobre povo da Grã Bretanha — sussurrava ela aos ouvidos.

Quando Ruy de Leão efetivamente apareceu, a estupefação foi grande, e o entusiasmo reviveu, o amor deu alma a uma causa,

---

* Exaltar, elevar.

que o carrasco supunha ter acabado na Torre de Londres. Donativos, presentes, armas, defensores, tudo veio às mãos do audaz pernambucano, aclamado rei, e rodeado logo de um troço de varões resolutos a morrer pela mesma causa.

— Meu filho — disse ele, século e meio depois, ao médico homeopata —, dependeu de muito pouco não teres nascido príncipe de Gales... Cheguei a dominar cidades e vilas, expedi leis, nomeei ministros, e, ainda assim, resisti a duas ou três sedições militares que pediam a queda dos dois últimos gabinetes. Tenho para mim que as distensões internas ajudaram as forças legais, e devo-lhes a minha derrota. Ao cabo, não me zanguei com elas; a luta fatigara-me; não minto dizendo que o dia da minha captura foi para mim de alívio. Tinha visto, além da primeira, duas guerras civis, uma dentro da outra, uma cruel, outra ridícula, ambas insensatas. Por outro lado, vivera muito, e uma vez que me não executassem, que me deixassem preso ou me exilassem para os confins da terra, não pedia nada mais aos homens, ao menos durante alguns séculos... Fui preso, julgado e condenado à morte. Dos meus auxiliares não poucos negaram tudo; creio mesmo que um dos principais morreu na câmara dos lordes. Tamanha ingratidão foi um princípio de suplício. Emma, não; essa nobre senhora não me abandonou; foi presa, condenada e perdoada; mas não me abandonou. Na véspera de minha execução, veio ter comigo, e passamos juntos as últimas horas. Disse-lhe que não me esquecesse, dei-lhe uma trança de cabelos, pedi-lhe que perdoasse ao carrasco... Emma prorrompeu em soluços; os guardas vieram buscá-la. Ficando só, recapitulei a minha vida, desde Iguarassú até a Torre de Londres. Estávamos então em 1686; tinha eu oitenta e seis anos, sem parecer mais de quarenta. A aparência era a da eterna juventude; mas o carrasco ia destruí-la num instante. Não valia a pena ter bebido metade do elixir e guardado comigo o misterioso boião, para acabar tragicamente no cepo do cadafalso... Tais foram as minhas ideias naquela noite. De manhã preparei-me para a morte. Veio o padre, vieram os soldados, e o carrasco. Obedeci maquinalmente. Caminhamos todos, subi ao cadafalso, não fiz discurso; inclinei o pescoço sobre o cepo, o carrasco deixou cair a arma, senti uma dor penetrante, uma angústia enorme, como que a parada súbita do coração; mas essa sensação foi tão grande como rápida; no instante seguinte tornara ao estado natural. Tinha no pescoço algum sangue, mas pouco e quase seco. O carrasco recuou, o povo bramiu que me matassem. Inclinaram-me a cabeça, e o carrasco fazendo apelo a todos os seus músculos e princípios, descarregou outro golpe, e maior, se é possível, capaz de abrir-me ao mesmo tempo a sepultura, como já se disse de um valente. A minha sensação foi igual à primeira na intensidade e na brevidade; reergui a cabeça. Nem o magistrado nem o padre consentiram que se desse outro golpe. O povo abalou-se, uns chamaram-me santo, outros diabo, e ambas essas opiniões eram defendidas nas tabernas à força de punho e de aguardente. Diabo ou santo, fui apresentado aos médicos da corte. Estes ouviram o depoimento do magistrado, do padre, do carrasco, de alguns soldados, e concluíram que, uma vez dado o golpe, os tecidos do pescoço ligavam-se outra vez rapidamente, e assim os mesmos ossos, e não chegavam a explicar um tal fenômeno. Pela minha parte, em vez de contar o caso do elixir, calei-me; preferi aproveitar as vantagens do mistério. Sim, meu filho; não imaginas a impressão de toda Inglaterra, os bilhetes amorosos que recebi das mais finas duquesas, os versos, as flores, os presentes, as metáforas. Um poeta chamou-me Anteu. Um jovem protestante demonstrou-me que eu era o mesmo Cristo.

V

O narrador continuou:
— Já vêem, pelo que lhes contei, que não acabaria hoje nem em toda esta semana, se quisesse referir miudamente a vida inteira de meu pai. Algum dia o farei, mas por escrito, e cuido que a obra dará cinco volumes, sem contar os documentos...

— Que documentos? — perguntou o tabelião.

— Os muitos documentos comprobatórios, que possuo, títulos, cartas, translados de sentenças, de escrituras, cópias de estatísticas... Por exemplo, tenho uma certidão de recenseamento de um certo bairro de Gênova, onde meu pai morou em 1742; traz o nome dele, com declaração de lugar em que nasceu...

— E com a verdadeira idade? — perguntou o coronel.

— Não. Meu pai andou sempre entre os quarenta e os cinquenta. Chegando aos cinquenta, cinquenta e pouco, voltava para trás — e era-lhe fácil fazer isto, porque não esquentava lugar; vivia cinco, oito, dez, doze anos numa cidade, e passava a outra... Pois tenho muitos documentos que juntarei; entre outros, o testamento de *lady* Emma, que morreu pouco depois da execução gorada de meu pai. Meu pai dizia-me que entre as muitas saudades que a vida lhe ia deixando, *lady* Emma era das mais fortes e profundas. Nunca viu mulher mais sublime, nem amor mais constante, nem dedicação mais cega. E a morte confirmou a vida, porque o herdeiro de *lady* Emma foi meu pai. Infelizmente, a herança teve outros reclamantes, e o testamento entrou em processo. Meu pai, não podendo residir em Inglaterra, concordou na proposta de um amigo providencial que veio a Lisboa dizer-lhe que tudo estava perdido; quando muito poderia salvar um restozinho de nada, e ofereceu-lhe por esse direito problemático uns dez mil cruzados. Meu pai aceitou-os; mas, tão caipora que o testamento foi aprovado, e a herança passou às mãos do comprador...

— E seu pai ficou pobre...

— Com os dez mil cruzados, e pouco mais que apurou. Teve então ideia de meter-se no negócio de escravos; obteve privilégio, armou um navio, e transportou africanos para o Brasil. Foi a parte da vida que mais lhe custou; mas afinal acostumou-se às tristes obrigações de um navio negreiro. Acostumou-se, e enfarou-se, que era outro fenômeno na vida dele. Enfarava-se dos ofícios. As longas solidões do mar alargaram-lhe o vazio interior. Um dia refletiu e perguntou a si mesmo se chegaria a habituar-se tanto à navegação, que tivesse de varrer o oceano, por todos os séculos dos séculos. Criou medo; e compreendeu que o melhor modo de atravessar a eternidade era variá-la...

— E que ano ia ele?

— Em 1694; fins de 1694.

— Veja só! Tinha então noventa e quatro anos, não era? Naturalmente moço...

— Tão moço que casou daí a dois anos, na Bahia, com uma bela senhora que...

— Diga.

— Digo, sim; porque ele mesmo me contou a história. Uma senhora que amou a outro. E que outro! Imaginem que meu pai, em 1695, entrou na conquista da famosa república de Palmares. Bateu-se como um bravo, e perdeu um amigo, um amigo íntimo, crivado de balas, pelado...

— Pelado?

— É verdade; os negros defendiam-se também com água fervente, e este amigo recebeu um pote cheio; ficou uma chaga. Meu pai contava-me esse episódio com dor, e até com remorso, porque no meio da refrega, teve de pisar o pobre companheiro; parece até que ele expirou quando meu pai lhe metia as botas na cara...

O tabelião fez uma careta; e o coronel, para disfarçar o horror, perguntou o que tinha a conquista de Palmares com a mulher que...

— Tem tudo — continuou o médico. — Meu pai, ao tempo que via morrer um amigo, salvara a vida de um oficial, recebendo ele mesmo uma flecha no peito. O caso foi assim. Um dos negros, depois de derrubar dois soldados, envergou o arco sobre a pessoa do oficial, que era um rapaz valente e simpático, órfão de pai, tendo deixado a mãe em Olinda... Meu pai compreendeu que a flecha não lhe faria mal a ele, e então, de um salto, interpôs-se. O golpe feriu-o no peito; ele caiu. O oficial, Damião... Damião de tal. Não digo o nome todo, porque ele tem alguns descendentes para as bandas de Minas. Damião basta. Damião passou a noite ao pé da cama de meu pai, agradecido, dedicado, louvando-lhe uma ação sublime. E chorava. Não podia suportar a ideia de ver morrer o homem que lhe salvara a vida por um modo tão raro. Meu pai sarou depressa, com pasmo de todos. A pobre mãe do oficial quis beijar-lhe as mãos: "Basta um prêmio", disse ele; "a sua amizade e a de seu filho." O caso encheu de pasmo Olinda inteira. Não se falava em outra cousa; e daí a algumas semanas a admiração pública trabalhava em fazer uma lenda. O sacrifício, como vêem, era nenhum, pois meu pai não podia morrer; mas o povo, que não sabia disso, buscou uma causa ao sacrifício, uma causa tão grande como ele, e descobriu que o Damião devia ser filho de meu pai, e naturalmente filho adúltero. Investigaram o passado da viúva, acharam alguns recantos que se perdiam na obscuridade. O rosto de meu pai entrou a parecer conhecido de alguns; não faltou mesmo quem afirmasse ter ido a uma merenda, vinte anos antes, em casa da viúva, que era então casada, e visto aí meu pai. Todas estas patranhas aborreceram tanto a meu pai, que ele determinou passar à Bahia, onde casou...

— Com a tal senhora?

— Justamente... Casou com D. Helena, bela como o sol, dizia ele. Um ano depois morria em Olinda a viúva, e o Damião vinha à Bahia trazer a meu pai uma madeixa dos cabelos da mãe, e um colar que a moribunda pedia para ser usado pela mulher dele. D. Helena soube do episódio da flecha e agradeceu a lembrança da morta. Damião quis voltar para Olinda; meu pai disse-lhe que não, que fosse no ano seguinte. Damião ficou. Três meses depois uma paixão desordenada... Meu pai soube da aleivosia de ambos, por um comensal da casa. Quis matá-los; mas o mesmo que os denunciou avisou-os do perigo, e eles puderam evitar a morte. Meu pai voltou o punhal contra si, e enterrou-o no coração.

"'Filho', dizia-me ele, contando-me o episódio; 'dei seis golpes, cada um dos quais bastava para matar um homem, e não morri.' Desesperado, saiu de casa, e atirou-se ao mar. O mar restituiu-o à terra. A morte não podia aceitá-lo: ele pertencia à vida por todos os séculos. Não teve outro recurso mais do que fugir;

veio para o Sul, onde alguns anos depois, no princípio do século passado, podemos achá-lo na descoberta das minas. Era um modo de afogar o desespero, que era grande, pois amara muito a mulher, como um louco..."

— E ela?

— São contos largos, e não me sobra tempo. Ela veio ao Rio de Janeiro, depois das duas invasões francesas; creio que em 1713. Já então meu pai enriquecera com as minas, e residia na cidade fluminense, benquisto, com ideias até de ser nomeado governador. Dona Helena apareceu-lhe, acompanhada da mãe e de um tio. Mãe e tio vieram dizer-lhe que era tempo de acabar com a situação em que meu pai tinha colocado a mulher. A calúnia pesara longamente sobre a vida da pobre senhora. Os cabelos iam-lhe embranquecendo: não era só a idade que chegava, eram principalmente os desgostos, as lágrimas. Mostraram-lhe uma carta escrita pelo comensal denunciante, pedindo perdão a D. Helena da calúnia que lhe levantara e confessando que o fizera levado de uma criminosa paixão. Meu pai era uma boa alma; aceitou a mulher, a sogra e o tio. Os anos fizeram o seu ofício; todos três envelheceram, menos meu pai. Helena ficou com a cabeça toda branca; a mãe e o tio voavam para a decrepitude; e nenhum deles tirava os olhos de meu pai, espreitando as cãs que não vinham, e as rugas ausentes. Um dia meu pai ouviu-lhes dizer que ele devia ter parte com o diabo. Tão forte! E acrescentava o tio: "De que serve o testamento, se temos de ir antes?" Duas semanas depois morria o tio; a sogra acabou pateta, daí a um ano. Restava a mulher, que pouco mais durou.

— O que me parece — aventurou o coronel —, é que eles vieram ao cheiro dos cobres...

— De certo.

— ...E que a tal D. Helena (Deus lhe perdoe!) não estava tão inocente como dizia. É verdade que a carta do denunciante...

— O denunciante foi pago para escrever a carta — explicou o Dr. Leão —; meu pai soube disso, depois da morte da mulher, ao passar pela Bahia... Meia-noite! Vamos dormir; é tarde; amanhã direi o resto.

— Não, não, agora mesmo.

— Mas, senhores... Só se for muito por alto.

— Seja por alto.

O doutor levantou-se e foi espiar a noite, estendendo o braço para fora, e recebendo alguns pingos de chuva na mão. Depois, voltou-se e deu com os dois olhando um para o outro, interrogativos. Fez lentamente um cigarro, acendeu-o, e, puxando umas três fumaças, concluiu a singular história.

VI

— Meu pai deixou pouco depois a Bahia, foi a Lisboa, e dali passou-se à Índia, onde se demorou mais de cinco anos, e d'onde voltou a Portugal, com alguns estudos feitos acerca daquela parte do mundo. Deu-lhes a última lima, e fê-los imprimir, tão a tempo, que o governo mandou-o chamar para entregar-lhe o governo de Goa. Um candidato ao cargo, logo que soube do caso, pôs em ação todos os meios possíveis e impossíveis. Empenhos, intrigas, maledicências, tudo lhe servia de arma. Chegou a obter, por dinheiro, que um dos melhores latinistas da península, homem sem escrúpulos, forjasse um texto latino da obra de meu pai, e o atribuísse a um frade agostinho, morto em Adem. E a tacha de plagiário acabou de eliminar meu pai, que perdeu o governo de Goa, o qual passou às mãos do outro; perdendo também, o que é mais, toda a consideração pessoal. Ele escreveu uma longa justificação, mandou cartas para a Índia, cujas respostas não esperou, porque no meio desses trabalhos, aborreceu-se tanto, que entendeu melhor deixar tudo, e sair de Lisboa. "Esta geração passa", disse ele, "e eu fico. Voltarei cá daqui a um século ou dois."

— Veja isto — interrompeu o tabelião —, parece coisa de caçoada! Voltar daí a um século — ou dois, como se fosse um ou dois meses. Que diz, "seu" coronel?

— Ah! Eu quisera ser esse homem! É verdade que ele não voltou um século depois... Ou voltou?

— Ouça-me. Saiu dali para Madri, onde esteve de amores com duas fidalgas, uma delas viúva e bonita, como o sol, a outra casada, menos bela, porém amorosa e terna como uma pomba rola. O marido desta chegou a descobrir o caso, e não quis bater-se com meu pai, que não era nobre; mas a paixão do ciúme e da honra levou esse homem ofendido à prática de uma aleivosia, igual à outra: mandou assassinar meu pai; os esbirros deram-lhe três punhaladas e quinze dias de cama. Restabelecido, deram-lhe um tiro, foi o mesmo que nada. Então, o marido achou um meio de eliminar meu pai; tinha visto com ele alguns objetos, notas, e desenhos de cousas religiosas da Índia, e denunciou-o ao Santo Ofício, como dado a práticas supersticiosas. O Santo Ofício, que não era omisso nem frouxo nos seus deveres, tomou conta dele, e condenou-o a cárcere perpétuo. Meu pai ficou aterrado. Na verdade, a prisão perpétua para ele devia ser a cousa mais horrorosa do mundo. Prometeu, o mesmo Prometeu foi desencadeado... Não me interrompa, Sr. Linhares, depois direi quem foi esse Prometeu. Mas, repito: ele foi desencadeado, enquanto que meu pai, estava nas mãos do Santo Ofício, sem esperança. Por outro lado, ele refletiu consigo mesmo que, se era eterno, não o era o Santo Ofício. "Santo Ofício há de acabar um dia, e os seus cárceres, e então ficarei livre." Depois, pensou, também que, desde que passasse um certo número de anos, sem envelhecer nem morrer, tornar-se-ia um caso extraordinário, e o mesmo Santo Ofício lhe abriria as portas. Finalmente, cedeu a outra consideração. "Meu filho", disse-me ele, "eu tinha padecido tanto naqueles longos anos de vida, tinha visto tanta paixão má, tanta miséria, tanta calamidade, que agradeci a Deus o cárcere e uma longa prisão; e disse comigo que o Santo Ofício não era tão mau, pois que me retirava por algumas dezenas de anos, talvez um século, do espetáculo exterior."

— Ora essa!

— Coitado! Não contava com a outra fidalga, a viúva, que pôs em campo todos os recursos de que podia dispor, e alcançou-lhe a fuga daí a poucos meses. Saíram ambos de Espanha, meteram-se em França, e passaram à Itália, onde meu pai ficou residindo por longos anos. A viúva morreu-lhe nos braços; e, salvo uma paixão que teve, em Florença, por um rapaz nobre, com quem fugiu e esteve seis meses, foi sempre fiel ao amante. Repito, morreu-lhe nos braços, e ele padeceu muito, chorou muito, chegou a querer morrer também. Contou-me os atos de desespero que praticou; porque, na verdade, amara muito a formosa madrilena. Desesperado, meteu-se a caminho, viajou por Hungria, Dalmácia, Valáquia; esteve cinco anos em Constantinopla; estudou o turco a fundo, e depois o árabe. Já lhes disse que ele sabia muitas línguas; lembra-me de o ver traduzir o Padre Nosso em cinquenta idiomas diversos. Sabia muito. E ciências! Meu pai sabia uma infinidade de coisas: filosofia, jurisprudência, teologia, arqueologia, química, física, matemáticas, astronomia, botânica; sabia arquitetura, pintura, música. Sabia o diabo.

— Na verdade...

— Muito, sabia muito. E fez mais do que estudar o turco; adotou o maometanismo. Mas deixou-o daí a pouco. Enfim, aborreceu-se dos turcos: era a sina dele aborrecer-se facilmente de uma cousa ou de um ofício. Saiu de Constantinopla, visitou outras partes da Europa, e finalmente passou-se à Inglaterra aonde não fora desde longos anos. Aconteceu-lhe aí o que lhe acontecia em toda parte: achou todas as caras novas; e essa troca de caras no meio de uma cidade, que era a mesma deixada por ele, dava-lhe a impressão de uma peça teatral, em que o cenário não muda, e só mudam os atores. Essa impressão, que a princípio fora só de pasmo, passou a ser de tédio; mas agora, em Londres, foi outra coisa pior, porque despertou nele uma ideia, que nunca tivera, uma ideia extraordinária, pavorosa...

— Que foi?

— A ideia de ficar doido um dia. Imaginem: um doido eterno.

A comoção que esta ideia lhe dava foi tal que quase enlouqueceu ali mesmo. Então lembrou-se de outra cousa. Como tinha o boião do elixir consigo, lembrou-se de dar o resto a alguma senhora ou homem, e ficariam os dois imortais. Sempre era uma companhia. Mas, como tinha tempo diante de si, não precipitou nada; achou melhor esperar pessoa cabal. O certo é que essa ideia o tranquilizou... Se lhes contasse as aventuras que ele teve outra vez na Inglaterra, e depois em França, e no Brasil, aonde voltou no vice-reinado do conde de Rezende, não acabava mais, e o tempo urge, além do que o senhor coronel está com sono...

— Qual sono!

— Pelo menos está cansado.

— Nem isso. Se eu nunca ouvi uma cousa que me interessasse tanto. Vamos; conte essas aventuras.

— Não; direi somente que ele se achou em França, por ocasião da revolução de 1789, assistiu a tudo, à queda e morte do rei, dos girondinos, de Danton, de Robespierre; morou algum tempo com Filinto Elysio, o poeta, sabem? Morou com ele em Paris; foi um dos elegantes do Diretório, deu-se com o primeiro Cônsul... Quis até naturalizar-se e seguir as armas e a política; podia ter sido um dos marechais do império, e pode ser até que não tivesse havido Waterloo. Mas ficou tão enjoado de algumas apostasias políticas e tão indignado, que recusou a tempo. Em 1808 achamo-lo em viagem com a corte real para o Rio de Janeiro. Em 1822 saudou a independência; e fez parte da Constituinte; trabalhou no 7 de Abril; festejou a maioridade; há dois anos era deputado.

Neste ponto os dois ouvintes redobraram de atenção. Compreenderam que ia chegar o desenlace, e não quiseram perder uma sílaba daquela parte da narração, em que iam saber da morte do imortal. Pela sua parte, o Dr. Leão parara um pouco; podia ser uma lembrança dolorosa; podia também ser um recurso para aguçar mais o apetite. O tabelião ainda lhe perguntou, se o pai não tinha dado a alguém o resto do elixir, como queria; mas o narrador não lhe respondeu nada. Olhava para dentro; enfim, terminou deste modo:

— A alma de meu pai chegara a um grau de profunda melancolia. Nada o contentava; nem o sabor da glória, nem o sabor do perigo, nem o do amor. Tinha então perdido minha mãe, e vivíamos juntos, como dois solteirões. A política perdera todos os encantos aos olhos dum homem que pleiteara um trono, e um dos primeiros do universo. Vegetava consigo; triste, impaciente, enjoado. Nas horas mais alegres fazia projetos para o século XX e XXIV, porque já então me desvendara todo o segredo da vida dele. Não acreditei, confesso; e imaginei que fosse alguma perturbação mental; mas as provas foram completas, e demais a observação mostrou-me que ele estava em plena saúde. Só o espírito, como digo, parecia abatido e desencantado. Um dia, dizendo-lhe eu que não compreendia tamanha tristeza, quando eu daria a alma ao diabo para ter a vida eterna, meu pai sorriu com tal expressão de superioridade, que me enterrou cem palmos abaixo do chão. Depois, respondeu que eu não sabia o que dizia; que a vida eterna afigurava-se-me excelente, justamente porque a minha era limitada e curta; em verdade, era o mais atroz dos suplícios. Tinha visto morrer todas as suas afeições; devia perder-me um dia, e todos os mais filhos que tivesse pelos séculos adiante. Outras afeições, e não poucas, o tinham enganado; e umas e outras, boas e más, sinceras e pérfidas, era-lhe forçoso repeti-las, sem trégua, sem um respiro ao menos, porquanto, a experiência não lhe podia valer contra a necessidade de agarrar-se a alguma cousa, naquela passagem rápida dos homens e das gerações. Era uma necessidade da vida eterna; sem ela, caía na demência. Tinha provado tudo, esgotado tudo; agora era a repetição, a monotonia, sem esperança, sem nada. Tinha de relatar a outros filhos, vinte ou trinta séculos mais tarde, o que me estava agora dizendo; e depois a outros, e outros, e outros, um não acabar mais nunca. Tinha de estudar novas línguas, como faria Aníbal, se vivesse até hoje; e para quê? Para ouvir os mesmos sentimentos, as mesmas paixões... E dizia-me tudo isso, verdadeiramente abatido. Não parece esquisito? Enfim, um dia, como eu fizesse a alguns amigos, uma exposição do sistema homeopático, vi reluzir nos olhos de meu pai um fogo desusado e extraordinário. Não me disse nada. De noite, vieram chamar-me ao quarto dele. Achei-o moribundo; disse-me então, com a língua trôpega, que o princípio homeopático fora para ele a salvação. *Similia Similabus curantur.* Bebera o resto do elixir, e assim como a primeira metade lhe dera a vida, a segunda dava-lhe a morte. E, dito isto, expirou.

    O coronel e o tabelião ficaram algum tempo calados, sem saber que pensassem da famosa história; mas a seriedade do médico era tão profunda, que não havia duvidar. Creram no caso, e creram também definitivamente na homeopatia. Narrada a história a outras pessoas, não faltou que supusesse que o médico era louco; outros atribuíram-lhe o intuito de tirar ao coronel e ao tabelião o desgosto manifestado por ambos de não poderem viver eternamente, mostrando-lhes que a morte é, enfim, um benefício. Mas a suspeita de que ele apenas quis propagar a homeopatia entrou em alguns cérebros, e não era inverossímil. Dou este problema aos estudiosos. Tal é o caso extraordinário, que há anos, com outro nome, e por outras palavras, contei a este bom povo, que provavelmente já os esqueceu a ambos.

MEU SÓSIA
Gastão Cruls

De Gastão Cruls (1888-1959) o crítico José Paulo Paes escreveu: "Um escritor hábil tanto na caracterização psicológica quanto na evocação de ambientes e paisagens, dono de um estilo dúctil e equilibrado, revelador de admirável bom gosto artístico e de ampla cultura literária." Já Almiro Rolmes Barbosa e Edgard Cavalheiro afirmaram que "a literatura de Gastão Cruls é antes de tudo uma obra de bom gosto artístico. Tudo nele é intelectualmente bem equilibrado... e solidamente construído."

"Meu Sósia" foi publicado na coletânea do autor, História Puxa História, *de 1938. Com o tema do duplo, foi provavelmente influenciado pelo conto clássico de Edgar Allan Poe, "William Wilson" (1840). Outros trabalhos de Cruls, como "O Abscesso de Fixação", também revelam a inspiração dos contos sombrios do autor norte-americano, e este, assim como o seu "O Espelho", explora um senso de identidade ameaçado por circunstâncias absurdas. "Meu Sósia" transporta as ansiedades quanto ao senso de individualidade no mundo moderno, e a ambiguidade moral presente em "William Wilson", para o terreno da criação literária: O que torna uma obra literária única e de posse exclusiva do seu criador? Onde se insere a originalidade e o registro de uma mente que deveria pertencer apenas ao escritor? Quando o autor se enxerga na obra, sua própria identidade se vê ameaçada pela escritura paralela desenvolvida por outro. Há um instante pivotal no conto, que sugere ainda a inversão de papéis, em que imitado se torna imitador, antes do confronto final.*

"Meu Sósia" é antes um conto fantástico, que de ficção científica. Mas um exemplo da literatura de Gastão Cruls, o autor de um dos mais

importantes romances brasileiros da FC, A Amazônia Misteriosa (1925), não poderia estar ausente deste volume. Mesmo porque o livro que o atarantado protagonista do conto está escrevendo não é outro senão o pioneiro romance, num curioso momento intertextual de Cruls.
A Amazônia Misteriosa foi, em 1983, transformado em roteiro de filme por R. F. Lucchetti, o decano dos pulp writers *brasileiros. Rebatizado de "O Despertar da Besta", recebeu o Prêmio de Melhor Roteiro do II Rio-Cine festival, em 1986. Em 2005, Ivan Cardoso, que se inspirou no romance para filmar o seu* Um Lobisomem na Amazônia. *Jacob Penteado chamou* A Amazônia Misteriosa *de "o ponto culminante dos romances de Gastão Cruls... uma original e vibrante fantasia, à maneira de Wells ou Conan Doyle".*
Citando novamente Barbosa e Cavalheiro, "Cruls é um dos poucos escritores brasileiros que possuem autêntica cultura científica". Nele, "pela primeira vez, ciência e literatura se deram as mãos para produzir uma obra de arte".

Aquilo já não podia ser uma simples coincidência, e o fato, a força de se repetir, acabou por me impressionar. Era a quarta ou quinta vez que eu pedia uma obra para ler e, decorrido algum tempo, o funcionário vinha me avisar que a mesma já estava em mãos de outro consultante. Ora, os assuntos que me preocupavam então e, por longos meses me fizeram um assíduo frequentador da Biblioteca Nacional, são todos de interesse restrito: antigas relações de viagens, velhas crônicas fradescas — tudo relativo à História da América. É que tinha um romance em preparo e nele haveria páginas de evocação ao brutal despertar do Novo Mundo, sob o pulso implacável dos Conquistadores.

Note-se que sempre fui avesso a revelar os meus projetos literários e nem mesmo aos amigos mais íntimos costumo falar do que ando fazendo ou ainda pretendo escrever. Não será isso, talvez, um traço de modéstia, mas porque tenha a superstição de que as obras muito anunciadas dificilmente se realizam, ou quando chegam a ser executadas, nunca correspondem ao que delas se

Meu Sósia

esperava. Haverá também outra razão. Não sei contar muito bem o que ganhará quando for definitivamente passado para o papel. Aliás, Flaubert também sofria desse mal e nada lhe era mais penoso do que resumir, em conversa, o que seria o entrecho de qualquer dos seus romances.

Por isso tudo, não é sem muito constrangimento que me reporto ao livro que estava escrevendo e era sem dúvida alguma a minha máxima preocupação de todos os instantes, pelo menos até um mês atrás, quando fiz a atroz descoberta. Mas como falar nele se foi por ele, justamente, que conheci o meu sósia, o homem que passou a infernar minha vida, que me impede de escrever, e até roubou as minhas ideias? Por outro lado, que me importa agora falar num livro, que já sei irremediavelmente perdido, ao qual nunca mais, pelo menos *eu*, pude ajuntar uma só linha, e que se algum dia vier a ser publicado, mesmo trazendo o meu nome não terá sido concluído por mim?

E é tanta essa a minha certeza que, mesmo sem o sentir, já vou contando tudo isso no passado e, linhas acima, caiu-me naturalmente da pena: "É que eu já tinha um romance em preparo." Tinha. Já não tenho mais. O *outro* que o continue, se quiser. E há de continuar. Pois se de um mês para cá, enquanto eu não posso fazer mais nada, ele se dedica ativamente ao mesmo assunto e, dados que eu ainda pretendia colher, ilações a que esperava chegar, já foram conseguidos por ele e enchem os seus cadernos de notas, que deveriam ser tomadas por mim, se o seu cérebro não se adiantasse ao meu, ou melhor, não se apropriasse de todas as minhas ideias.

Mas ainda se tratasse apenas de um trabalho histórico e puramente documental, de que as fontes bibliográficas teriam de ser as mesmas, principalmente para dois indivíduos que se servem da mesma biblioteca... Contudo, ainda assim, haveria a espantosa coincidência na seriação com que vinham sendo feitas as pesquisas: todos os livros lidos numa mesma ordem e quase que ao mesmo tempo. Mas se fosse só isso... E o trabalho propriamente de criação individual, a fabulação artística, a trama do romance? Ainda aí, tudo ele me havia roubado: os personagens que entrariam em ação, o desenrolar dos acontecimentos, os lances mais emocionais.

Mas não vamos precipitar as coisas. Tenho tanto o que contar...

Como disse, a primeira suspeita que tive do meu sósia, ou melhor, de alguém que se entregava à mesma natureza de estudos que eu, foi quando notei que os livros solicitados por mim, na sala da biblioteca, já estavam em mãos de outra pessoa, que pelos mesmos se interessava.

Se da primeira ou da segunda vez essa coincidência não me deu o que pensar, na quarta ou quinta cheguei a supor certa má vontade do servente que habitualmente me atendia. Este, porém, manteve-se no que me informara e, ante o meu ar de dúvida, prontificou-se a mostrar-me a papeleta em que o livro fora requisitado. Disse-lhe que não precisava, embora não deixasse de achar estranho que a *Historia del Orinoco*, do Padre Joseph de Gumilla, já tivesse outro consultante de olhos grudados na mentiralhada de suas páginas. Enfim... Mas dois dias depois, cena idêntica se repetiu com relação à obra de Labat: *Nouveau voyage aux iles de l'Amérique*, depois, com o trabalho de Barrère: *Nouvelle relation de la France Équinoxiale*.

Era demais. Contra os meus hábitos, relanceei os olhos pela sala, a ver se me palpitava quem seria o meu competidor de estudos. O funcionário pareceu adivinhar-me o pensamento e veio em meu auxílio:

— O senhor quer saber quem é que está lendo esse livro? Hoje eu sei, porque fui eu quem ainda há pouquinho trouxe ele. É um moço que está lá naquele canto, o segundo a contar da janela. — E apontou um tipo que ficava de costas para mim e, assim mesmo, eu mal podia divisar, devido a uma das colunas que guarnecem a sala. E o empregado prosseguiu: — A graça é que ele se parece muito com o senhor e eu cheguei até confundir os dois. Só

Meu Sósia

ontem é que dei pela coisa, porque o senhor esteve também aqui na mesma hora que ele.

Isso ainda mais despertou a minha curiosidade, embora essas questões de parecença sejam sempre muito duvidosas. Não sei se é porque nos figuramos diferentes do que os outros nos vêem, mas o fato é que dificilmente aceitamos os sósias que nos dão. Contudo, lembrei-me de que nos últimos tempos, já vários amigos haviam aludido a um rapaz que diziam ser a minha cara e com quem se tinham dado vários quiproquós a meu respeito. Mais uma razão para que eu quisesse conhecer o leitor que ali estava, o homem que lia as mesmas coisas que eu.

Felizmente, o meu desejo pôde ser satisfeito logo depois, quando o vi levantar-se, deixando o livro e papéis sobre a mesa. Iria, talvez, fumar no corredor, ou então fazer qualquer consulta no fichário. Aproveitei o ensejo para dar também algumas tragadas e tive tanta sorte que cheguei a tempo de lhe estender o meu fósforo, pois que o vi apalpar os bolsos, tendo um cigarro ainda por acender entre os lábios.

Confesso que senti um verdadeiro abalo ao defrontar-me com meu sósia. E parecia-se mesmo comigo? Bem examinado — não, conforme o detido exame que disfarçadamente lhe pude fazer depois, enquanto estivemos ali no avarandado, apenas por alguns minutos, mas bem próximos um do outro. Não, não era o meu retrato. Talvez fosse um pouco mais alto que eu. Pelo menos, era um pouco mais robusto, o que lhe dava certa elegância de porte. Seus cabelos não seriam tão louros quanto os meus. Teria o rosto mais longo, o nariz mais forte, as sobrancelhas mais vincadas. Mas só pelo fato de eu andar rebuscando todas essas minúcias, há de se ver que a semelhança era muita. Sobretudo no conjunto, acrescido pelo mesmo bigodinho bem aparado sobre o lábio e os óculos de aros grossos e escuros, que ambos usávamos. E talvez que ainda menor fosse a diferença, se ele não estivesse todo de brim claro e eu com um terno de casimira escura. Aliás, só dei verdadeiramente por isso, quando, já em casa, olhando-me num espelho, cheguei a ter certa surpresa por não estar também de claro. Penso não ser preciso dizer mais para comprovar o quanto me confundi com ele. E no entanto, não creio lhe ter causado a menor impressão. Dir-se-ia até nem ter posto reparo na minha presença. Assim, tão depressa teve o cigarro aceso, limitou-se a dizer-me um "obrigado" entre dentes (que pena não ter falado um pouco mais alto para que eu pudesse também comparar as nossas vozes), e foi encostar-se à balaustrada, de tal modo que eu só o via agora de perfil. Mas quem sabe lá? Eu também não contive o meu espanto? Qual! Ele não deve ter dado pela nossa parecença, do contrário a sua curiosidade havia de traí-lo de uma maneira ou de outra. E não foi isso o que aconteceu comigo, que não lhe despreguei mais os olhos de cima, até que ele, tendo acabado de fumar, tornou à sala de leitura.

Eu é que já não pude mais ler. Todas as minhas ideias convergiam para a pessoa do meu sósia. Precisava conhecê-lo, interrogá-lo. E se a nossa semelhança não se detivesse apenas no físico? Aquela preferência pelos mesmos estudos... Dar-se-ia que também tivesse a minha psique, pensasse como eu, sentisse como eu? Se era assim, explicar-se-ia a minha incapacidade intelectual dos últimos dias. Em plena febre de produção, em pleno ímpeto do trabalho, fora como se me tivessem estancado de súbito as fontes da energia criadora. As leituras, mal conduzidas ou feitas com desatenção, não me traziam mais as valiosas contribuições para a documentação histórica. O romance, apenas iniciado, mas que dia a dia ganhava em substância e avultava aos meus olhos, perdia-se agora em conjecturas nevoentas e lances fugidios. Tudo desarticulado. Tudo tornado a um estado caótico, que fazia o meu desespero. Tinha até a impressão de que o meu cérebro já não podia mais pensar, não conseguia coordenar ideias. Ora, se conseguia, não as retinha por tempo duradouro. E tudo aquilo coincidindo com o aparecimento daquela criatura enigmática, que tanto se parecia comigo e compulsava os mesmos livros que eu. Seria que também pensasse por mim, que me estivesse roubando as ideias? Mais forte do que eu ele era. Mais vigoroso. Mais desenvolto. Se fôssemos gêmeos, eu seria o irmão mais franzino, o mais enfezado, talvez o doente. (Na verdade a minha saúde nunca fora das melhores.) Nada mais natural, portanto, que ele tivesse também a supremacia da inteligência.

"E de onde surgira aquele tipo?" voltava-me eu a perguntar. Do Rio é que não era. Se vivesse aqui, é evidente que eu deveria conhecê-lo. Em abono disso, datavam de pouco os tais equívocos a que já me referi, quando amigos meus o tomavam por mim. E vieram-me pensamentos loucos. Se ele cometesse um crime sem flagrante, mas do qual surgissem testemunhas ou indícios da sua responsabilidade, poderia cair sobre mim a inculpação que lhe coubesse.

Esse receio mais se enraizou no meu espírito dias depois, apoiado num episódio de que falarei daqui a pouco. Quero antes dizer da ansiedade em que vivi até que o pude avistar pela segunda vez. Isso só ocorreu quase uma semana depois do nosso primeiro encontro, embora nos dias subsequentes eu não fizesse outra coisa senão subir e descer as escadas da biblioteca. Está bem visto que já não me levavam até lá as pesquisas bibliográficas, ainda que uma vez ou outra, a pretexto de permanecer na sala de leitura, me visse obrigado a pedir qualquer livro. A minha maior curiosidade era por conhecer o nome do meu sósia. Assim que o conseguisse, teria uma pista segura para partir em outras indagações. E lembrei-me dos boletins em que os consultantes da biblioteca são obrigados a exarar[*] o nome e a residência. Desde que ele estivesse presente, não me seria difícil conseguir de qualquer contínuo que me obtivesse esses dados, pela identificação do número lançado sobre a sua papeleta como o da carteira em que estivesse sentado. Mas era preciso que ele aparecesse e, durante seis dias, o aguardei em vão. A menos que ele não tivesse mudado de horário. Entre onze e quatro, preso à repartição, não me era possível frequentar a biblioteca. Ou seria que também

---

[*] Lavrar.

ele como comigo, se tivesse dado um arrefecimento da sede de leituras?

Foi nesse entretempo que quase tive a certeza de que o seu nome também era Paulo. E de que modo! Através de uma cena que já não me deixava dúvidas sobre os riscos a que me expunha, tendo um sósia como aquele. Ele foi à casa de uma rapariga que eu frequentava uma vez ou outra, e ela o confundiu comigo. Disso tive a prova quando, sem procurá-la havia uns oito dias, lá voltei uma noite, e ela estranhou a minha assiduidade, uma vez que ainda na véspera fora visitá-la. Nada adiantou que eu protestasse. Nem protestei até o fim. Era tal a segurança com que lhe ouvi:

— Ora, *seu* Paulo, então você não esteve aqui ontem? — E concluiu com uma observação que não me deixou de magoar profundamente: — Por sinal que eu nunca te vi tão bem disposto, tão alegre. Você devia ter bebido um pedaço.

(Eu não bebo nada, por causa do meu fígado.)

E logo na bebedeira!

Cravou-se-me de novo a espinha no cérebro. E se ele tivesse morto aquela mulher, que morava numa pensão e cujas companheiras certamente teriam visto quando ambos foram para o quarto? Eu lá sabia quem era ele, que sentimentos se escondiam por detrás daquela máscara que tanto se parecia com a minha? Pois se irmãos, sangue do mesmo sangue, educados da mesma maneira, saem às vezes tão diferentes... E voltei a matutar sobre a possibilidade de algum parentesco entre nós. Os primos que tinha, conhecia todos. Aliás, não se pareciam comigo. Meu pai, que viajara tanto, teria deixado algum filho natural? Não creio. Todos lhe reconheciam uma grande austeridade, difícil de comportar situações assim.

Mas, então, o seu nome era também Paulo. Sim, porque do contrário ele teria dado pela confusão, uma vez que a rapariga, supondo tratar comigo, devia tê-lo chamado assim. Ou seria que ele se aproveitasse da nossa parecença e se fizesse passar por mim? Nesse caso ele já me conhecia. E até aí os nossos gostos combinavam. Atraía-nos a mesma mulher.

Quando soube desse episódio, tratei logo de botar abaixo o bigodinho. Pelo menos, ficávamos com os rostos bem diferentes e já seriam impossíveis as tais confusões que tanto me apavoravam. Ah, se eu pudesse tirar também os óculos! Infelizmente, não era por luxo que os usava. Nada consegui, porém, com a minha suposta transformação. Quando o vi pela segunda vez, ele estava igualmente de cara raspada e acho que, assim, ainda ficou mais parecido comigo. Cruzei-o na escada da biblioteca, ele descendo e eu subindo, às cinco da tarde, e quase caí para trás. Desta vez, olhou bem para mim e julguei vislumbrar-lhe nos lábios um certo riso escarninho. O meu primeiro impulso foi segui-lo, mas confesso que não tive coragem. Além do ridículo, mais, do inverossímil que havia naquela situação, capaz até de despertar a curiosidade alheia, senti uma espécie de parada súbita de todas as minhas energias, como alguém que vai ter um desfalecimento. O meu crânio dir-se-ia oco. Faltavam-me as pernas. Tanto assim que, à entrada do edifício, enquanto o via atravessar apressadamente a avenida, cheguei a procurar apoio numa parede e aí fiquei por alguns instantes, aguardando que as forças me voltassem.

Desse dia em diante, dificilmente consegui calma para olhar-me num espelho. Passei até a evitá-los. É que cada vez mais me achava mais parecido com a figura que eu vira e quando tinha diante mim a própria imagem, ia a ponto de me perguntar: "Serei eu mesmo?" Nada mais que nos distinguisse, depois que o observara de chapéu (um feltro cinza como o meu) e com um terno claro que talvez proviesse da mesma peça em que fora cortado o que eu vestia. Nem mais aquelas pequenas diferenças fisionômicas, estabelecidas a custo quando do nosso primeiro encontro. Agora, até me parecera lobrigar nele a pequena cicatriz que tenho no lábio superior, lembrança de uma queda em pequeno, e que se escondia sob o bigode. Há ou não há razões para já ter dúvidas quando me vejo face a face com um espelho?

Foi por isso que passei a me mostrar menos na rua. Temia os amigos e conhecidos, no receio de que se tivessem dado novas confusões entre mim e o meu sósia. Até então, nada tinha ido além de simples enganos, sem nenhuma importância, mas quem me garantia que, a seguir, eu já não pudesse ter sido acusado de faltas graves e até defeituosas? Assim, agora, a minha vida era o mais possível de casa para a repartição e da repartição para casa.

Apenas não dominava a tentação de me aproximar da biblioteca e, por vezes, subir mesmo à sala de leitura. Não preciso dizer que um único fito me levava ali: observar outra vez o meu sósia, ver se lhe conseguia o nome todo. Nunca mais pensei no meu romance, ou, quando pensava, era com dor e revolta, por constatar a minha absoluta impossibilidade de continuá-lo. E ainda seria capaz de me entregar a qualquer trabalho intelectual? Era o que começava a duvidar, depois que o outro se atravessara no meu caminho e parecia dotado de força bastante para exaurir toda a minha vitalidade, toda minha energia criadora.

E ficaria nisso? A sua ação maléfica não iria também até a minha saúde física? Se nunca fora muito forte e sofrera sempre de uma coisa ou de outra, depois que o conhecera o meu alquebramento era completo. Todos me achavam mais magro. A minha palidez era de impressionar. E isso em menos de dez dias. É verdade que quase não comia e, à noite, só podia ter por sono uns cochilos rápidos, entremeados de sobressaltos e pesadelos. Mudara tanto, que até deixei de ir à repartição, eu que era dos funcionários mais assíduos. Isto porque queria frequentar a biblioteca nas horas que coincidiam com o meu expediente. Não fora às cinco que eu me cruzara com ele na escada, já de volta das suas pesquisas? Pois lá iria também das onze às cinco e, se possível, sem arredar pé da sala de leitura.

* Aparentar honestidade.

Embora o meu estado de espírito não me permitisse nenhum esforço cerebral, para coonestar* a minha presença ali, era preciso que me interessasse por qualquer obra. Assim, passei a pesquisar diariamente os dois volumes de Richard Spruce: *Notes of a Botanist on the Amazon and Andes*. Como grande parte do meu romance devia girar em torno da célebre tribo das amazonas, de Orellana, alguém me recomendara muito a leitura dessa obra, onde iria encontrar dados muito interessantes a respeito. Na verdade, pelo índice, e, depois quando estive a folhear-lhe as páginas, pude verificar que manancial não teria descoberto ali para discutir a origem das famosas mulheres guerreiras. Mas era tarde. O meu romance estava bem morto nas poucas laudas escritas e num amontoado de notas.

Com o Spruce entre as mãos, mas os olhos cravados na porta de entrada, por três dias fiz ponto na sala de leitura, das onze às cinco. Já ia almoçado, como se fosse para a repartição, e apenas de vez em quando abandonava a cadeira para fumar um cigarro no corredor. E todo esse sacrifício, essas intermináveis horas de ansiedade em pura perda. Nada do meu sósia aparecer. Contudo, não desistia. Que a repartição fosse aos diabos. Aquilo era uma questão de vida ou de morte. E voltei no quarto dia. E voltei no quinto. Sempre pontualmente, como se entrasse na inspetoria. Às onze e pouco já estava agarrado ao Spruce. Pedia sempre este livro para não fazer mais esforço. Como saiba de cor a sua catalogação, era quase maquinalmente que enchia o boletim.

Foi só no sexto dia que ele apareceu. Saberei contar as cenas que ocorreram daí por diante? Pelo menos, até um certo ponto. Estou certo de que isto não vai coincidir com o que se diz por aí. Mas que importa? Recordo-me bem de tudo. Tenho as imagens bem nítidas.

Eu já estava na sala mais ou menos uma hora, quando vi o meu sósia entrar, ir até a mesa do funcionário que presidia à sala, a fim de lhe entregar a papeleta de pedido, e depois encaminhar-se para a cadeira em que se sentara da outra vez; assisti a tudo isso num verdadeiro estado de fascinação e só tinha olhos para acompanhar-lhe os menores gestos. Por sorte, o meu lugar era muito bom e, sem ser visto por ele (a menos que não se voltasse para trás) ficava em situação de poder observá-lo quando quisesse. Preciso dizer que, cada vez mais, era maior a nossa parecença? Chegava a sentir-me mal e, a todo momento, assaltava-me o medo de que alguém, dando pela coisa, começasse a fazer escândalo pela presença, ali, de dois indivíduos perfeitamente iguais. Daí a minha falta de ânimo para tomar a iniciativa que era o único motivo das minhas idas à biblioteca.

Como pedir a alguém que me fosse verificar, pela papeleta, o nome do consultante que me interessava? Isso poderia, justamente, despertar a atenção sobre nós dois. A começar pelo próprio servente, que não era o mesmo do turno da tarde, aquele que já dera pela nossa semelhança. Estava eu fazendo essas reflexões, quando vi que o meu sósia tinha gestos de impaciência e discutia com o empregado, quando este, distribuindo livros, passara pela sua mesa e lhe dissera qualquer coisa. Sem dúvida, como tantas vezes acontecera comigo, já fora pedido em consulta o livro solicitado por ele. Tive um estremeção de júbilo. Desta vez estava vingado. Mas dir-se-ia que eu era alvo da atenção de ambos. Seria o Spruce a obra que ele queria? Agarrei o volume com mais força e abaixei a cabeça sobre as suas páginas, simulando estar profundamente mergulhado na leitura.

Não tardou que o contínuo surgisse ao lado:

— O senhor me desculpe. Mas tem aí um moço que precisa muito fazer uma consulta nesse livro que o senhor está lendo. Ele disse que não demora nada. O livro volta agorinha mesmo. Não vê que eu sabia que ele estava aqui, porque sou eu que venho servindo o senhor todos estes dias.

— Pois não. — Foi isso o que respondi? Nem sei. Estava tão perturbado.

Meu Sósia

Passei-lhe os dois volumes, evitando olhar na direção do meu sósia que, com certeza, havia de estar voltado para a minha mesa, acompanhando a cena com interesse. O empregado observou-me:

— Não. Ele só quer o segundo volume. Assim, o senhor pode ficar com este.

Só a furto, tão grande era a minha perturbação, pude seguir os gestos do meu sósia, quando o volume lhe foi entregue. Vi que ele o abriu apressadamente, como quem já o manuseara muito e vai direto a uma determinada página. Depois, passou a tomar notas, escrevendo a lápis num grande caderno, tal como eu os usava. Acho que tudo isso não consumiu mais dez minutos. Quando o contínuo tornou à minha mesa, para restituir-me o volume, transmitiu-me os seus agradecimentos.

Mas já não tinha tempo a perder. Percebi que o meu sósia se preparava para sair e qualquer coisa me impelia a acompanhar-lhe os passos. Agora, podia até abordá-lo. Não fora ele que provocara aquela aproximação entre nós? Enchi-me de coragem. Iria falar-lhe. Por que é que se interessava pelo Spruce? Seria também por causa das amazonas?

Alcancei-o no patamar da escada:

— Faz favor... — Eu devia ter um ar de perfeita humilhação e só Deus sabe o esforço que tive de despender para dirigir-me a ele. — Faz favor... Era eu que estava lendo o volume de Spruce.

Olhou-me com grande sobranceria:

— Ah, sim. Não vê que eu tinha urgência de fazer uma consulta?

Mas ele não dava pela nossa parecença? Não via que éramos o retrato um do outro? Notei que se não me apressasse, ele se iria embora.

— Desculpe a minha curiosidade, mas como tenho observação que as nossas leituras coincidem... Já várias vezes pedi livros que o senhor estava consultando. Hoje, foi o contrário. O senhor é que se interessava pelo Spruce que eu estava lendo.

Eu falava aos arrancos, sem conseguir concatenar as frases.
— Sim, e o que tem isso?
— É que eu estava escrevendo um romance e fiquei com receio...
Ele atalhou-me rápido:
— Mas, meu amigo, as ideias andam no ar e os assuntos, até que sejam aproveitados, não são propriedade de ninguém. O senhor está com medo que os nossos livros sejam iguais? De fato, estou escrevendo um romance apoiado numa grande documentação histórica e que terá como núcleo a tribo das amazonas. É esse também o seu? Mas isso não tem nenhuma importância. Pelo contrário, será até curioso. O senhor não vai dizer que o seu entrecho seja o meu, que as minhas personagens sejam as suas.

E em poucas palavras fez-me o resumo da sua fabulação, dando-me o nome dos figurantes que nela entrariam, o desenrolar dos episódios, as paisagens que descrevera.

Eu devia estar lívido. Era o meu romance que lhe saltava da boca, sem tirar nem pôr. Com um sorriso diabólico, o meu sósia arrematou:
— Mas mesmo que assim fosse, a vitória será daquele que o publicar primeiro: Paulo de Alencastro, que sou eu, ou... Como é o seu nome?

Foi aí, quando ouvi o meu nome, que lhe pulei ao pescoço e rolamos juntos a escada.

Agora estou aqui, na Casa de Saúde. Os ferimentos não foram graves, mas ficarei ainda algum tempo, devido à fratura da perna. Parece que um automóvel me pegou de raspão e atirou-me à distância. Dizem que eu me joguei escada abaixo, como um louco, gritando, e vim parar no meio da avenida, onde um automóvel me atropelou. E o outro? Ninguém acredita que eu me tivesse atracado com alguém e rolássemos juntos a escada. Mas como é que se explica a poça de sangue, que ficou no lugar do acidente, e de que os jornais falaram? Dos meus ferimentos é que não foi. A não ser a fratura interna, eu só tive contusões e escoriações. E o sapato, igualzinho ao meu, que entregaram, no local, ao enfermeiro da Assistência? Eu não perdi nenhum. Continuava com os dois pés calçados, podem dizer o que quiserem. Falam numa alucinação. Para mim, o *outro* está gravemente ferido, e está aqui. Ainda ontem, quando eu ia para a sala de curativos, num carrinho, ao passar pelo corredor, ouvi alguém que gritava com a minha voz.

ÁGUA DE NAGASÁQUI
Domingos Carvalho da Silva

Este é certamente um dos contos notáveis da Primeira Onda da Ficção Científica Brasileira — aquele período especialmente fértil iniciado em 1958 e terminado em 1971. Tanto que, após sua publicação em Além do Tempo e do Espaço: 13 Contos de Ciencificção *(1965), seu autor foi convidado por duas editoras a produzir todo um volume com novos contos,* A Véspera dos Mortos*, publicado pela Editora Coliseu em 1966 — um volume que misturava, proporcionalmente, contos de ficção científica e contos de suspense. A última publicação do conto foi no* D. O. Leitura *N.º 10, de março de 1983, com ótimas ilustrações da artista nipo-brasileira Yvete Ko.*

A preocupação que "Água de Nagasáqui" expressa pertence a esse momento da FC nacional — o temor da guerra atômica e dos efeitos da radiação, mas narrados dentro de um estilo muito brasileiro de história "contada" e do qual transparece um tom sóbrio e melancólico. Como em muitas narrativas da ficção científica nacional, o protagonista abandona um outro mundo, em busca de uma vida simples — o "sonho brasileiro" — mas desta vez impossível de se realizar, com o estigma mortal que ele carrega.

Membro da Academia Paulista de Letras, Domingos Carvalho da Silva nasceu em Portugal em 1915 e mudou-se para o Brasil em 1924. Foi um dos principais nomes da "Geração de 45" na poesia brasileira, e colaborador constante do "Suplemento Literário" de O Estado de S. Paulo. A Véspera dos Mortos *foi sua única investida no campo da literatura em prosa. Ele faleceu em abril de 2003.*

"Minha vida é muito mais complicada do que uma novela policial" — disse-me o japonês ao erguer-se da mesa do carro-restaurante. E acrescentou: "Um dia contarei tudo ao senhor."

Ora, nós nos conhecêramos apenas meia hora antes, naquele trem da Alta Paulista. Conversáramos sobre vários assuntos e eu lhe dera algumas informações profissionais sobre parcerias agrícolas. Dos problemas da parceria tínhamos passado aos do cinema e destes aos da novela policial. Hoje estou certo de que a vida de Takeo pode servir de tema a uma novela comovente.

Trocamos os nossos cartões de visita e dois ou três anos correram sem que eu tivesse notícias do nipônico. Mas um dia fui surpreendido por uma longa carta, de difíceis garranchos que alinhavam uma língua mista e quase indecifrável.

Corri os olhos pelas garatujas e joguei, desanimado, a carta ao fundo de uma gaveta. Meio ano depois, ao ter notícia do estranho fato que estava celebrizando o cemitério de S. José do Abacateiro, e recordando que o japonês me falara sobre tal localidade ainda não mencionada nos mapas do Estado, corri à gaveta e iniciei a leitura, tradução e decifração daquelas vinte folhas fechadas pela assinatura de Takeo Matusaki.

I. "Nasci em Chimabara"

Não foi fácil arrumar em frases claras o emaranhado de palavras que se acotovelavam no papelório do nipão. Na verdade reescrevi a carta, aproveitando-lhe as ideias e as informações e omitindo alguns elementos desnecessários, inclusive o meu nome, que se repetia na abertura de todos os parágrafos, estropiado mas reconhecível. A versão que aproveitei é a que tem início na linha seguinte.

---

* A grafia atual da cidade japonesa é "Nagasaki", mas Domingos Carvalho da Silva tinha predileção pelo aportuguesamento de palavras estrangeiras, então, tendo isso em mente e por recomendação de seu filho Eduardo Sérgio Carvalho da Silva, deixamos esta e outras palavras japonesas na grafia que ele imaginou. [N do E]

"Nasci em Chimabara, cidade plantada no lado oriental de uma ilha perto de Nagasáqui[*], e tinha onze anos quando o Imperador entrou na guerra mundial. Nessa época morávamos na ilha de Quio-Chu, em Facuoca, e meu pai exercia o ofício de mecânico. A guerra não o deixou em casa: seguiu como mecânico de viaturas. Então eu e minha mãe fomos para a casa de uma tia, em Omura, subúrbio de Nagasáqui. Lá vivemos alguns anos e eu ia crescendo enquanto meu pai servia nas ilhas do Pacífico."

II. O Cogumelo

Apesar de tudo a vida era agradável. As notícias da guerra eram sempre boas e na escola falava-se todos os dias de incríveis atos de heroísmo. Mas houve em nossa vida aquele momento em que ouvimos um estalo, e tivemos a impressão de que a terra se fendera de cima a baixo. Um clarão iluminou o céu, do lado de Nagasáqui, e depois um enorme cogumelo de fumo se plantou, frondoso, sobre a terra e foi subindo vagarosamente.

Os dias seguintes foram marcados por uma chuva de boatos e tudo era confuso. Hiroshima também fora destruída. Eu e outros meninotes começamos então a nos aproximar das cinzas de Nagasáqui, embora tal coisa fosse ferozmente proibida.

Renovavam-se os avisos: ninguém deveria chegar perto da cidade arrasada. Ninguém deveria beber a água dos riachos e das fontes da região. E nós, que ouvíamos as recomendações, jurávamos não beber tal água. Mas a verdade é que — como vocês ensinam — ninguém pode dizer "dessa água não beberei"...

III. Os Frutos da Morte

As semanas e os meses correram e as cautelas foram relaxando. Nos matos apareciam animais deformados, arbustos diferentes, e nas árvores surgiam frutos jamais vistos. As mães recomendavam: "Não comam esses frutos"; mas o fruto proibido é uma tentação em qualquer parte, e a água proibida não era menos tentadora. Por isso bebi água de muitas fontes e comi frutos espantosos. Nada me aconteceu, embora tenham morrido alguns rapazes que beberam e comeram. Outras causas os mataram, naturalmente.

Alguns meses depois do armistício meu pai voltou incólume, apesar dos lança-chamas. Lamentou os parentes mortos em Nagasáqui e resolveu procurar emprego em lugar distante. Achou-o, graças a um camarada de campanha, em Iocoama, o grande porto a meia hora de Tóquio. Seguimos para lá, mas, para não passarmos por Hiroshima, embarcamos em Nacatso e fomos por mar até Osaca. Lá, apanhamos um trem e passamos por Quioto, Nagoia, Ocasaqui, Odaúra, e pronto: estávamos em nossa nova terra. A viagem foi belíssima, apesar da tristeza geral e das tropas de ocupação.

Um mês depois meu pai teve de ir a Camacura e levou-me para que eu visse o Daibutsu. Devo dizer que éramos budistas da seita Xin-Xu, fundada pelo venerável Shinhran. Logo depois fomos conhecer a grande capital do Império. Passamos por Canagaua e Canasáqui e chegamos a Chinagaua, o primeiro subúrbio. De lá meu pai dirigiu o caminhão para Tacanaua e já estávamos na cidade imensa. Ainda me lembro do deslumbramento com que vi a avenida das Lanternas, tão falada na escola!

A vida ia correndo bem, mas em fins de 46 meu pai começou a queixar-se de sintomas estranhos. Dois meses depois estava num hospital e morreu em princípios de 47. As explicações dos médicos não foram nada claras, mas um enfermeiro deu-nos o diagnóstico terrível, com um neologismo não menos maligno: o senhor Matusaki foi *nagasaquiado*.

IV. LUTO NO ASILO

Ficamos na maior penúria e comecei a fazer alguns serviços no cais, para que minha mãe não passasse fome. Essa responsabilidade não pesou sobre os meus ombros muito tempo. Como o marido, ela começou a definhar e, antes do fim da primavera, fechou as pálpebras.

Ninguém estranhava que pessoas vindas da ilha de Kio-Shu morressem e, por isso, eu também tinha medo que chegasse a minha vez. Não sem algum pânico, corri para Tóquio na esperança de que certa família amiga me acolhesse. Mas o que essa pobre família — cujos homens tinham morrido, quase todos, nas Filipinas e em Sumatra — pôde fazer por mim foi recolher-me a um asilo, nos arredores da cidade. Eu já era, porém, taludo e fiquei lá menos de dois anos.

Não foi um estágio tranquilo. Quando lá cheguei, nem todos os meninos eram saudáveis. Alguns tinham vindo de Hiroshima ou arredores e houve mesmo dois ou três que morreram no primeiro ano de minha permanência. Nos três ou quatro meses seguintes morreram mais três, que eram, aliás, meus companheiros de dormitório. E quando saí de lá, para ocupar um emprego de ajudante de mecânico em Chinagaua, deixei mais dois na enfermaria. Para mim, o pó da morte já se havia espalhado por todo o país, e todos nós seríamos *nagasaquiados* em poucos anos. Esta ideia começou a atormentar-me como uma obsessão na oficina do Sr. Susumo Udihara, em Chinagaua.

V. A Terra da Uiara

Às vezes aparecia na oficina o senhor Minesako Udihara, filho mais velho do patrão, e o seu assunto predileto era uma terra distante e cheia de rios, do outro lado do mundo, onde tinha morado alguns anos. Ele nos garantia que naqueles rios — principalmente no *Pararaparema*, aparecia uma moça bonita como uma gueixa, que morava na água. Era a Uiara. Ele mesmo tinha visto uma e soube, por ela, que os homens mais antigos daquele país tinham ido da Terra do Sol Nascente para lá! Naquele país de árvores altas ninguém morria do mal de Nagasáqui.

Trabalhei muito na oficina Udihara e transformei-me num mecânico hábil. Mas o idoso Susumo não tinha o dom da imortalidade: em fins de 49 adoeceu e poucos dias depois os seus calcanhares se uniam. O seu filho mais velho, senhor Minesako, já tinha a essa altura voltado para a terra dos grandes rios e por isso a oficina foi fechada. O casal tivera outro filho — Asami — que jazia no bojo de um submarino, no fundo do mar de Coral. É verdade que cheguei a assumir a direção da oficina, mas logo tive a amargura de ver que a viúva Udihara, a idosa senhora Mieko, começava a encorujar.

Desde que chegara a Chinagaua, eu residia na casa de uma família xintoísta, que dava pensão. Meu companheiro de quarto era um jovem jogador de *baseball*, o cristão Akeda. Era bonito ver, sobre a mesma mesa, uma miniatura do Daibutsu ao lado da imagem do mártir São Paulo Miki. Mas o dono da casa, senhor Sugano, nos reprovava e atribuía às crenças "estrangeiras" as desgraças nacionais. Tudo acontecera porque tínhamos abandonado o culto da deusa Amaterasu, do deus Izanági e dos Kami. Pois bem: o atlético cristão Akeda morreu uma semana depois do enterro do senhor Udihara. E, ao pensar nesse e em outros mortos, eu ri muitas vezes da ingenuidade com que minha mãe me proibira de beber água ou comer frutos dos arredores de Nagasáqui. Eu bebera e comera e os outros iam morrendo...

VI. O Esqueleto

Em março de 50 deixei Chinagaua, no mesmo dia em que a senhora Mieko era levada para um hospital da cidade. Minesako falara muito daquele grande país cheio de sol e uiaras, que ficava do outro lado do mundo. Comecei a cuidar dos papéis para a grande viagem e para fugir do mal de Nagasáqui. Tinha algum dinheiro e arranjei uma pensão perto do centro de Tóquio. A obtenção da licença para viajar e do visto era, porém, demorada, e por isso arranjei um novo emprego, para me aguentar durante a espera.

Por várias razões gastei quase um ano e meio até que tudo se formalizasse. Viver durante esse tempo foi, porém, um alívio para mim, pois, se no primeiro ano tudo correu bem na pensão, nos últimos três meses tinham morrido dois pensionistas. O fato e a *causa mortis* alertaram as autoridades sanitárias e eu mesmo — com outros hóspedes — fui submetido a longo exame clínico. Mas o meu estado de saúde era aparentemente ótimo — disseram-me.

Um dia, finalmente, recebi o passaporte e demais documentos para a viagem. Na véspera do embarque apanhei a volumosa mala, já pronta, e fui a Yokohama despachá-la. Voltei a Tóquio para passar a última noite na pensão. Ao chegar, tive uma notícia triste, mas já esperada: o dono da pensão, senhor Mizumoto, morrera no hospital.

No dia seguinte, ao amanhecer, eu me preparava para sair, com a minha maleta de mão, quando a pensão foi invadida por policiais e médicos. Em Yokohama o navio me esperava, mas nada pude fazer: fui levado com mais cinco pensionistas para um hospital. Fomos submetidos a vários exames e quando meu dorso foi submetido à radioscopia, o médico soltou um brado de espanto: "O esqueleto deste homem parece feito de luz fluorescente!"

VII. A Grande Viagem

Nada me perguntaram, nem ao mesmo o nome.

Meteram-me numa ambulância, talvez para que, confinado em alguma cela de cimento, eu acabasse os meus dias. Mas as poucas peças de ferramenta que eu tinha na maleta mudaram o programa. Após meia hora de viagem arranquei as dobradiças da porta da ambulância e, na primeira parada, forçada por um cruzamento com o leito da estrada de ferro, desci tranquilamente. Três horas depois o *Osaka Maru* levantava ferros em Yokohama e fazia-se ao largo. Num dos seus camarotes de classe geral eu repousava com este esqueleto radioativo que continuava a luzir dentro de mim.

VIII. Companheiros

Éramos quatro no camarote e cada um tinha um destino. Só eu não sabia o que fazer depois de saltar em terra. O destino de Iojiro — um de nós — era S. José do Abacateiro, um arraial entre algodoais.

— Lá é bom. Há banqueiros patrícios que emprestam dinheiro para comprar terra.

— Como é que você sabe?

— Eu já estive lá. Comprei terra que tinha mais dois donos: João e José. João matou José e foi morto por Antônio, filho do mesmo José. Antônio foi preso e eu fiquei com a terra.

Fizemos camaradagem e afinal Iojiro convidou-me para trabalhar no sítio dele:

— Há sempre serviço de mecânico — explicou.

E havia. Ele tinha um trator, um jipe e algumas máquinas agrícolas. Colhemos uma safra, entrou dinheiro e tudo ia bem. Um dia ele foi montar um baio, meteu o pé no estribo, e não teve força para alçar o corpo. Encarei-o: estava pálido. Foi enterrado daí a dois meses e então apareceu Joaquim, filho do defunto João, com uns papéis e soldados. Tomou a terra, o rancho e tudo mais, e eu só pude fugir com o jipe e minhas ferramentas para Bauru.

IX. Amor Fatal

Viver só é muito triste. É mais triste ainda quando matamos aqueles com quem convivemos. Na escola de Omura o professor me ensinara que o rei Midas transformava em ouro tudo o que tocava. Mas eu transformava em defuntos todos os parentes e amigos. Pensei no entanto que poderia casar, desde que não tivesse a esposa sempre ao meu lado.

Lídia Tsurayuki, uma nissei, era em pouco tempo minha noiva. Fui buscá-la a Guaraniuva e casamos. Não consegui, porém, convencê-la de que deveríamos ter quartos separados e comer em horas diferentes. O caso de Lídia foi, realmente, o de um amor fatal: quando eu esperava que ela me desse, em breve, o meu primeiro nissei, o seu sangue começou a desfazer-se em água. Tudo foi questão de alguns dias e, então, desesperado, resolvi vingar-me em alguém.

X. Rádio–Homicídio

Voltei à roça de Inojiro, entreguei o jipe a Joaquim e pedi-lhe perdão e um emprego. O caboclo vivia feliz com a mulher e um filho pequeno, e também com o trator e as máquinas de Inojiro Mizikame. Transformei-me na sombra da família, sempre serviçal e dedicado. Era enxadeiro e mecânico, moço de recados e copeiro. Em seis ou sete meses o extermínio começou. Adoeceu primeiro o menino, mas quando me arrependi já era tarde: nem o Buda de Camacura nem S. Jacob Sisai, de minha nova devoção, me ouviram. Atrás do menino foram os pais e a esse tempo já os empregados e agregados começaram a adoecer. Foi então que se espalhou por aqui a lenda de que sou bruxo, feiticeiro e envenenador, de que mato com mau-olhado e com suco de ervas más. Ninguém mais se aproxima de mim, mas sei que, a qualquer momento, cairei na ponta de uma faca ou varado por uma bala.

XI. Assassínio Póstumo

A conclusão desta história não poderia estar na carta de Takeo Matusaki. Eu a acrescentarei. Certa manhã o corpo do japonês — disse um jornal — apareceu cortado a faca e chamuscado pelo fogo. Enterram-no em S. José do Abacateiro, e alguns meses depois o zelador do cemitério morria anêmico, evidentemente *nagasaquiado*. Ao redor da campa de Takeo as plantas que não secaram mudaram de aspecto. Sob a terra, o seu esqueleto continuava — e continuará — a matar, muito embora o seu espírito maligno já tenha sido convenientemente esconjurado por aqueles que estão seguros de que Matusaki foi a própria encarnação do Diabo, o Diabo em carne e osso, ou pelo menos o esqueleto do Diabo.

A ESPINGARDA
André Carneiro

André Carneiro é um dos principais nomes da Geração GRD — *os autores patrocinados pelo editor baiano Gumercindo Rocha Dorea na coleção Ficção Científica* GRD —, *juntamente com Rubens Teixeira Scavone, Fausto Cunha e Dinah Silveira de Queiroz. É também um poeta da Geração de 45, descoberto por Domingos Carvalho da Silva. Exerceu vasta gama de atividades, incluindo a edição da revista cultural* Tentativa *(1949-1952), recentemente republicada em fac-símile pela Prefeitura de Atibaia e pelo Arquivo do Público do Estado de São Paulo. Por períodos durante a ditadura, Carneiro viveu na clandestinidade.*

Boa parte do melhor do autor foi publicado pela editora paulista EdArt: as coletâneas Diário da Nave Perdida *(1963), que recebeu o prêmio de "Melhor Livro do Ano" do Departamento Cultural da Prefeitura de São Paulo, e* O Homem que Adivinhava *(1966). Tido como um clássico da* FC *brasileira e, por alguns, como um clássico da* FC *internacional, sua noveleta "A Escuridão" pertence ao primeiro volume. Por sua vez, o conto que trazemos aqui, "A Espingarda", faz parte do segundo, e continua a tendência temática da guerra atômica e do pós-holocausto na ficção científica nacional, dentro da tradição de histórias sobre "o último homem na Terra". Um conto de atmosfera angustiante, no qual a crítica norte-americana M. Elizabeth Ginway, autora de* Ficção Científica Brasileira: Mitos Culturais e Nacionalidade no País do Futuro *(Devir, 2005), reconhece traços da tensão entre o Brasil desenvolvido do Sul, e o subdesenvolvido do Norte. Os mais recentes livros de contos do autor são* A Máquina de Hyerónimus e Outras Histórias *(1997) e* Confissões do Inexplicável *(Devir, 2007). Este último é a mais volumosa coletânea de histórias de um autor brasileiro de FC já publicada. Seu primeiro romance,* Piscina Livre *(1980), foi lançado primeiro na Suécia. Sobre Carneiro, A. E. van Vogt, um grande nome da FC mundial, escreveu: "André Carneiro merece a mesma audiência de um Kafka ou Albert Camus." Harry Harrison, outro monstro-sagrado do gênero, o chamou de "autor de contos excelentes". Alcântara Silveira também o identifica com Kafka, enquanto Fausto Cunha observa que "sua ficção se coloca na linha evolutiva que, abandonando o deslumbramento tecnológico inicial, avança para a consideração dos problemas humanos sob o 'choque do futuro'."*

Silêncio. Até onde sua vista alcançava, centenas de carros, parados, na avenida. Esgueirava-se por entre eles, a mão roçando carrocerias cobertas de poeira. Pneus murchos, manchas de óleo feitas gota a gota, no chão de asfalto. Inclinou-se sobre um pára-choque cheio de barro ressequido. Pequenas folhas cresceram ali, as raízes descobertas se esgueirando entre a ferrugem que avançava. Continuou a andar para a frente, parando de vez em quando. A paisagem era a mesma, de um tempo muito diferente. Estava ao lado de um carro conversível, a chave da partida no lugar, porta aberta, o estofamento se estragando ao vento, vidros sujos e opacos. Encostou-se em sua frente, a carcaça fez um ruído de juntas enferrujadas. Em ambos os lados, casas de luxo, com jardins isolados. O mato invadia as passagens, verde misturado com folhas secas, transformando as construções em ilhas tristes e esquecidas.

Ele olhava vagamente, mas precisava avançar, descobrir alguma coisa. Nuvens punham sombras rápidas, passando pelos automóveis em direção ao centro da cidade. Ele apalpou os bolsos, no gesto de procurar cigarros. Tinham acabado. Entrou no carro, abriu o porta-luvas. Vazio. Apertou o botão da partida. A bateria, sem uso, não produzia faísca. Saiu, subindo a avenida, olhando para os lados, como se alguém escondido pudesse vir ao seu encontro.

A Espingarda

Precisava de cigarros. Na rua transversal havia um bar. Aproximou-se cautelosamente. A alguns metros da porta, sentiu o cheiro. Resolveu procurar nos automóveis, agora mais esparsos. Devagar, espiava para dentro, abria a porta. Encontrava documentos, peças de reserva, que atirava para o lado. Na quarta tentativa descobriu um maço fechado. Estava velho, mas não se importava. Habituara-se àquele sabor, que parecia igual ao de sempre. Recostou-se no banco, para fumar. Sobressaltava-se quando folhas de papel eram arrastadas pelo vento, janelas soltas batiam com um ruído seco. Se pudesse usar um automóvel, faria centenas de quilômetros por dia. Já perdera muito tempo arrumando baterias, transportando gasolina, arrumando pneus. Estes eram os mais difíceis. Não havia eletricidade para os compressores. Andara quilômetros para descobrir uma bomba manual. Após muita luta, o carro funcionou. Desviava dos obstáculos, subindo nas calçadas, empurrando com trombadas o que lhe impedia o caminho. Quando o bloqueio era intransponível, voltava para trás, seguia outras ruas, fazia rodeios, levando um dia para avançar uma pequena distância. Nas estradas era pior. Postes tombados, caminhões, cargas abandonadas impediam o avanço. Recuava sem cuidados, a bater no que encontrava. Abandonou o carro por uma motocicleta. Por mais que a cuidasse, tinha dificuldades com o motor. Tombou em um buraco inesperado, deixando-a lá mesmo. A perna, ferida, custou a sarar. Carregou uma bicicleta de latarias e mantimentos, garrafas de refrigerantes para matar a sede. As vantagens não compensavam as canseiras, mudanças de itinerário, a impossibilidade de transpor lugares cheios de detritos, prédios tombados pelos incêndios que ninguém apagara. Conformara-se em andar a pé. No centro da cidade deixara até o saco de mantimentos. Andava com as mãos livres, quando queria comer ou beber era só suportar o cheiro. Havia bares e mercearias por toda parte. Fizera uma máscara improvisada, com algodão, onde punha gotas de desinfetante. Cadáveres jaziam pelos cantos, trapos, braços retorcidos. Às vezes tinha de afastá-los do caminho, saltar até os balcões e prateleiras, onde garrafas empoeiradas de refrigerante lhe davam de beber. As comidas enlatadas não lhe faziam bem. Trazia nos bolsos vidros de pílulas, tirados das farmácias, vitaminas e fortificantes, com os quais procurava equilibrar sua dieta.

Passou a mão pelo rosto barbado, recomeçou a procura. Vitrinas e espelhos refletiam um mendigo cabeludo e sujo. Tinha medo de limpar-se com água. Fazia-o com álcool ou perfumes, embebidos em algodão. Entrava nas casas lentamente. Evitava olhar os cadáveres, tíbias descobertas, olhos fundos sem pupilas. Sabia onde encontraria gente morta. Percebia de longe o cheiro pesado, miasmas de sepultura fechada, que o envolviam como teia de aranha, grudando-lhe na face, nas mãos apalpando o caminho...

Não respirava a plenos pulmões. Defendia-se do odor que surgia em qualquer lugar, estragava-lhe o momento das refeições, feitas em horas e lugares imprevistos. Perdera a noção dos dias. Contá-los não lhe servia de nada. Dava corda ao relógio de pulso, mas não havia ponto de referência para acertá-lo.

Nuvens negras cobriram o céu. Levantou-se e continuou a andar. Aos primeiros pingos, refugiou-se na porta de um grande edifício. Enxugou duas gotas que o atingiram. Temia a água, o veneno penetrando a pele. As gotas se multiplicaram, uma chuva torrencial cobria tudo. A porta de vidro do prédio estava aberta, encostou-se nela, olhando para fora. Deixou uma das folhas entreaberta. Do fundo vinha o cheiro inconfundível. A testa encostada no vidro, olhava a rua. A cortina d'água batia nos automóveis, a pintura brilhava outra vez. Já vira uma criança morta arrastada pelas águas. Gotas se formavam nos fios elétricos. Chovia há horas e ele estava preso ali. Precisava procurar comida e não queria explorar o prédio, enfrentando cozinhas cheias de bolor, cadáveres debruçados nas mesas, empurrados pelas portas.

Olhava a umidade caminhando pouco a pouco, como ponteiros de relógio. Sentiu uma fraqueza, sentou-se no chão. Não havia alternativa. Precisava comer. Retirou do bolso atulhado um

A Espingarda

lenço com um pedaço de gaze e algodão, colocou-o no nariz. A respiração era mais difícil, o odor áspero do desinfetante. Subiu pelas escadas. A luz mortiça da tarde iluminava os corredores. Havia cadeiras quebradas, malas abandonadas, peças de roupa. Entrou em um apartamento do segundo andar. Duas baratas saíram correndo. Ofegando por trás da máscara, olhou ao redor. No canto, um divã, ocupado por um volume envolvido em cobertor. Perto do chão, pendiam dois sapatos, presos por cartilagens. Desviou a vista, caminhou para uma porta que deveria levar à cozinha. Mais baratas cruzavam em sua frente, sem direção, como se estivessem tontas. Corriam pelas paredes, tombavam no chão, deslizando para todos os lados. Achou uma vassoura, foi brandindo-a na frente, as baratas mais excitadas, centenas, vindo de baixo dos móveis, pelas frestas das portas, pondo rastos minúsculos na poeira do chão, com um barulho rascante, subiam pela vassoura, ele desviava os pés, procurava escapar com passos largos, esmagando-as com os sapatos. Mal podia andar, tornaram-se milhares, agitando-se nas superfícies como um pesadelo. Gritava enquanto batia a vassoura, chutando aquele exército de patas, sua voz atravessava corredores, perdia-se lá fora, com a enxurrada invadindo as ruas. Não chegou até a cozinha. Recuou em saltos, sacudindo-se dos bichos que subiam nas pernas, procuravam entrar pelas mangas, as mãos amassando corpos tontos esgueirando-se pela roupa.

Saiu do apartamento, desceu as escadas pulando degraus, voltou até a porta de vidro. Puxando o ar através da máscara, com um som rouco, sacudia o paletó, quase tirou a roupa até saber que não havia mais nenhum inseto. A chuva havia parado. Sentou-se no saguão, vazio e calmo. Não via baratas. Tombou a cabeça no peito, tirou a máscara. Junto com o ar fácil, entrou-lhe nos pulmões o cheiro pesado, nuvem invisível saindo pelas frestas, caminhando de quarto em quarto, descendo pelas escadas, até ser levado pelos ventos entre as árvores e espaços mais largos.

O céu, desfalcado de nuvens, deixou passar o sol, pondo brilhos de cristais nas poças sujas. Foi para fora, subindo a rua, em busca do que comer. Diminuía o marulhar da enxurrada. O clarão vermelho destacava as fachadas, automóveis, gotas deslizando nos fios elétricos. Parou diante de u'a mercearia. Na porta, um tabuleiro, com restos embolorados de frutas, comidos por lesmas amarelas. Com a máscara novamente, pulava obstáculos, para chegar às prateleiras. Escolheu as latas e garrafas que precisava. Foi para a rua, buscando um canto onde comer. Geralmente penetrava em apartamentos, restaurantes, onde achasse um fogão que ainda acendesse, para aquecer a comida. A noite se aproximava, resolveu engolir frio o que encontrara. Mastigava depressa, sem sentir o gosto, fechando os olhos, procurando não pensar em nada. Ajeitou em um saco as latas que não abrira, garrafas de água mineral, suficientes para alimentá-lo dois dias. Chegara à parte alta da cidade, avistava o campo à distância. Curvado, o saco nas costas, aproximou-se de um enorme caminhão. Rodeou-o devagar. A porta estava aberta. Havia uma pequena cama na cabine. Sabia ajustá-la. Entrou, fechou a porta, deixando uma fresta nos vidros. De madrugada a temperatura caía, quando pegava em sono profundo. Ajeitou-se como pôde, fechou os olhos. Era o momento mais difícil. Enquanto havia luz e tinha de cuidar de si, procurar água e comida, os pensamentos se dispersavam, a situação parecia-lhe um intervalo absurdo, que logo terminaria. A escuridão era completa. Levava uma lanterna elétrica, pilhas de reserva. O clarão fugaz da lâmpada, pouco adiantava. O túnel de luz demarcava solidão, parede negra isolando-o do que sobrara vivo no mundo. Haveria essa sobra? Ele tinha certeza que sim, repetia argumentos, em voz alta, na convicção de náufrago que perscruta o horizonte e vê além das gaivotas o navio salvador.

    Fechar os olhos e dormir. Conservar a saúde mental, descansar, dormir. Ser prático, objetivo, controlado. Continuar procurando, frio, implacável, paciente. Gritava, agitado, correndo o foco da lanterna. Faróis distantes devolviam-lhe reflexos verme-

A Espingarda

lhos. Voltava à cama improvisada, fechava os olhos, "vou dormir, preciso dormir". A infância lhe saltava da memória, o adolescente, mulheres de maiôs... Quantos quilômetros percorrera? Fazia cálculos, cujo resultado esquecia. Os músculos repuxados, não conseguiria dormir. Tinha de ir para a frente, com determinação, até descobrir o rumo certo. Uma vez vira fumaça no horizonte, lançara-se para a frente na esperança de encontrar alguém, para se unirem, trocarem ideias, continuarem juntos à procura de outros. Descobrira um incêndio já nas cinzas, e mortos, pés retorcidos, formigas subindo pelos cabelos. Virava-se na cama estreita, acordando com pequenos ruídos, sonhos o atormentando, até a madrugada. A manhã trouxera um sol pálido, naquele subúrbio. O vento levantava o ar pesado, levando papéis sem direção. Voavam lentamente, brancos, impressos ou datilografados, documentos que foram motivo de trabalho e preocupações, sem mais nenhuma importância.

Pegou uma lata de leite condensado no saco de mantimentos. Abriu-a devagar, medindo os gestos. Não podia arriscar-se a ferir um dedo. Sua vida dependia das mãos. Misturou leite com um resto de água mineral. Tirou bolachas de uma lata e comeu devagar. Olhou o horizonte. Eram curtos, seus limites. Nada lhe chegava a não ser procurado e carregado por suas mãos. Como animal perdido, fugia da morte e procurava os da sua espécie.

Saco nas costas, arrumado nos ombros como sacola de escoteiro, partiu mais uma vez. Andou toda a manhã com passadas largas, atravessou os bairros distantes da cidade. Parou para alimentar-se e continuou. De tarde estava no campo. Descansou em um abrigo à beira da estrada. Um sol brilhante punha sombras nítidas nas árvores. No chão andavam formigas. Inclinou-se, para vê-las. Vinham em fileira. Quando surgia uma, em sentido contrário, as anteriores se tocavam. Algumas demoravam-se nos reconhecimentos. Faziam uma dança de recuos, como se uma quisesse partir e a outra insistisse em comunicar algo importante.

Levantou-se, friccionou os músculos doloridos, olhou o céu. O sol descera, era tempo de procurar um abrigo para passar a noite. Continuou pela estrada, olhando para os lados. Examinaria as casas que surgissem. Queria uma cama, um divã em uma sala, até o capim de uma estrebaria, onde não houvesse corpos em decomposição. No campo havia bois, cavalos, com nuvens de moscas, cachorros de boca aberta, como se latissem enquanto morriam. Chegou a uma casa, depois de uma curva. Passou por cima do portão, com o saco de mantimentos. Um barulho ritmado, de motor longínquo, fê-lo parar no caminho cimentado, o coração batendo mais depressa. Ergueu os olhos. A brisa fazia girar a hélice de um avião de madeira, pregado em um poste. Chegou até a casa. Portas e janelas fechadas. Forçou com o ombro, inutilmente. Em um telheiro mais recuado havia um trator. Achou uma alavanca e um martelo. Usou-as na porta até estalar as dobradiças. Entrou na casa, abriu janelas, que iluminaram móveis empoeirados. Sentou-se com alívio na sala de estar. Não havia cheiro. Uma porta conduzia ao pavimento superior. Subiu. Encontrou um quarto e um banheiro. Pela janela avistava-se uma grande distância, montanhas encobertas por bruma seca. Deitou-se na cama de solteiro. Estava bem ali, mas tinha um continente para explorar, embora mentalmente isolado em uma ilha. Voz humana, só ouvia a do seu eco. Os rádios de pilha não sintonizavam estação alguma. Ansiava por um ser humano. Falava sozinho, fixara a própria voz em um gravador portátil. Mas não suportara ouvir-se, a repetir tolices ao toque de um botão.

Desceu à cozinha para comer. Achou garrafas de água mineral e o fogão funcionou bem. Aqueceu a comida enlatada que engoliu lentamente. Acendeu um lampião a querosene, tomou duas pílulas de vitaminas, voltou a seu quarto e deitou-se. A janela, mal fechada, fazia barulho. Levantou-se para ajeitá-la. Abriu as duas folhas. O céu, límpido, cheio de estrelas. Abaixo da linha do horizonte havia uma luz vermelha. Ficou uns instantes olhando-a sem compreender, depois seu coração deu um salto; fez um

A Espingarda

gesto em direção à porta, como se fosse partir imediatamente. À noite seria impossível. Poderia se perder, sofrer um acidente. Agitou-se em providências, com uma energia incansável. Pegou o lampião, ficou agitando-o na janela. Seus braços estavam cansados, a luz vermelha permanecia imóvel. Lembrou-se de determinar sua posição. Trouxe de baixo uma pequena mesa. Colocou-a diante da janela e levantou duas pilhas de coisas achadas pelo quarto. Olhando pela primeira, acertou-as como se fizesse mira em direção à luz. Depois recomeçou os sinais, sem resultados. Resolveu deitar-se, descansar para a caminhada do dia seguinte. Não conseguia dormir, levantava-se para espiar a janela. Acabou arrastando a cama para trás da mesinha. Sentado na cabeceira, com o travesseiro nas costas, enxergava o ponto brilhante. O sono o tomou, nessa posição. Acordou com o primeiro clarão da madrugada. Esfregou os olhos pregados, foi espiar na direção marcada. Era longe, podia distinguir pontos claros de construções, entre a neblina difusa. Estavam situados entre um morro mais alto à esquerda e pedras salientes à direita. Era um ponto de referência. Excitado e nervoso, preparou seu alimento, selecionou os que levaria, arrumou a sacola e partiu. Os pés levaram-no para a frente, os olhos conferindo o rumo. Os pensamentos o precediam no destino, um ser humano diante dele, respondendo perguntas. Na metade do dia parou para alimentar-se. Via ao longe um amontoado de casas, cidade ou povoado, onde enxergara a luz. Transpirava, as costas doloridas com o peso da sacola. O crepúsculo se aproximava quando entrou na pequena cidade, costas inclinadas, a barba úmida de suor. Os passos mantinham a força. O morro à esquerda, as pedras à direita. Fora dali, não havia engano. Espiava pelas portas e janelas. Andava depressa, gritando, à espera de uma resposta que não vinha. Chegou a uma praça, com uma grande construção, cercada de muros altos. Convento ou sanatório, talvez um colégio. O portão, muito grande, de tábuas grossas, estava fechado. Seguiu pelo muro, rodeando o quarteirão. Encontrou outra entrada, também cerrada. O muro teria quase três metros de altura. Gritava a intervalos, perguntando se havia alguém. Silêncio. Afastou-se para outras ruas, mas havia algo que o fez voltar até a casa dos muros altos. Qualquer coisa lhe dava a convicção que alguém existia lá dentro. Gritou, jogou pedras, inutilmente. As duas portas eram sólidas, levaria tempo para arrombá-las. Pensou em escalar o muro. Com um gancho e uma corda não seria difícil. Chamou mais uma vez, gritando que "se ninguém aparecesse, destruiria a porta".

Um estrondo como de um trovão, deixou-o surdo. O susto fê-lo tombar para trás, o coração disparado. Num gesto instintivo cobriu a cabeça com o braço. Olhou para cima. Perto da porta principal, surgindo acima do muro, viu um vulto com uma espingarda apontada para ele. Aparecia em silhueta contra o clarão do céu da tarde. Parecia apoiado em uma escada. Não se distinguiam suas feições, nem o mover dos lábios, quando disse:

— Desapareça daqui senão eu mato.

Com a sacola ainda nas costas, barba comprida, roupa suja, lá de baixo ele tentou argumentar, perguntar "por quê?". Um segundo tiro atroou pelas ruas desertas, o eco trazendo de volta num reboar surdo. Pareceu-lhe ouvir o silvo do chumbo perto da cabeça. Correu até a esquina próxima, esperando que uma bala lhe perfurasse o corpo e ficasse estendido, a esvair-se em sangue. Em um canto onde não poderia ser atingido, olhou novamente. O outro desaparecera. Sentou-se, encostado à parede, o corpo trêmulo, a testa molhada de suor. Ficou ali, a cabeça tombada, os lábios movendo-se em palavras esboçadas. Quando levantou-se era quase noite. Sombras compridas cortavam as ruas, recomeçou a tarefa de procurar abrigo, onde pudesse alimentar-se e dormir. Penetrou na sala de visitas de uma casa. Existia um sofá, onde dormiria. Fechou a porta de comunicação com o resto da casa. Não queria ver nenhum morto. Sob a luz da lanterna preparou leite condensado, comeu o que trazia. Fechou a porta e a janela, deitou-se no sofá. Estava próximo o quarteirão dos muros altos.

A Espingarda

Lá se escondia um homem. Olhos abertos, na ausência que precede o sono, esquecia-se do tiro. Conversaria com o outro, no dia seguinte. Teria paciência, quem sabe o sofrimento que passara. Juntos, seriam mais eficientes, arrumariam um trator, que saísse das estradas, avançasse pelos campos... Levariam mantimentos, remédios, haveriam de descobrir outros homens... Dormiu. No outro quarteirão, cercado pelos muros, na janela à esquerda, tremulava uma luz de lampião. À distância seu brilho parecia uma estrela, fogo de troglodita no mundo despovoado. Teve um sono sobressaltado no sofá. Antes que o sol surgisse, estava de pé. Consumiu a última garrafa de água com leite em pó. Sentia-se sujo, precisava limpar-se, mas o pensamento concentrava-se em planos e suposições. Abriu a janela, a claridade entrou. Retratos nas paredes, um armário de armas em um canto. Estava aberto. Havia uma espingarda calibre 22, outra, de dois canos, calibre 12. Junto às coronhas, caixas de balas e cartuchos. Tirou a espingarda maior do suporte, abriu o cano, introduziu dois cartuchos no lugar. Apoiou-a no ombro, como quem faz pontaria e recolocou-a no lugar. Deixou a sacola, saiu para a rua. Manhã fria, uma névoa clara erguia-se das calçadas. Seus passos ressoavam no silêncio. Virando a esquina, viu os muros. Da janela esquerda já não filtrava nenhuma luz. O outro dormia. A proximidade de um semelhante vivo fazia-o otimista. Haveria de ter paciência, convencê-lo a deixar a arma, discutir, acertar uma resolução qualquer. Resolveu escrever-lhe uma mensagem. Procurou pela praça, entrou em uma loja de fazendas. Arranjou um lápis vermelho e um grande papel branco. Escreveu: "Somos os únicos homens vivos. De qualquer maneira, precisamos entrar em acordo, para nosso benefício. Espero que possamos conversar amigavelmente." Releu, acrescentou uma vírgula e um "talvez" depois de "vivos". Com receio que o papel se perdesse, colocou-o em uma caixa de papelão. Atou a caixa com barbante, sem cortar o fio. Saiu à rua, banhada de sol, foi até o local de onde o desconhecido atirara. Fez a caixa ultrapassar o muro, presa pelo barbante, pendurado do lado de fora. Afastou-se correndo. Tinha de esperar. Olhou a paisagem, as casas silenciosas. Andou pela cidade vazia, para passar o tempo. Quando pressentia um cadáver, mudava de direção, voltava para trás espiando pelas janelas. Retornou aos muros altos. O barbante desaparecera. Sua mensagem fora lida. Afastou-se e gritou:

— Venha, para conversar.

Ouviu ruídos, do outro lado. O outro subia a escada, surgindo cautelosamente, a espingarda na mão direita. Gritou:

— Vá embora, desapareça daqui.

A resposta veio imediatamente:

— Por que, ir embora?! Andei centenas de quilômetros, para achar uma pessoa viva. Não quero nada do que você tem, só ajudá-lo, conversar, procurarmos juntos os que estão vivos. Aceito qualquer condição, não pretendo modificar sua vida. Tenho prática desta desgraça. Sei arrumar mantimentos, água. Conheço aqui perto um lugar com um trator...

O outro mudou de posição no muro, interrompendo:

— Não, não quero você aqui nem que fique na cidade. Se não partir logo eu vou atirar.

— Mas não é possível que me expulse assim, sem uma razão. Por que não posso ficar, por quê?

A espingarda descreveu um círculo, enquanto ele respondia:

— Você veio do sul, está contaminado. — Levantou o braço, com ódio: — Veja, a cidade inteira morreu contaminada. Vinham os do sul, morreram todos, todos. Vá embora, não quero ninguém aqui.

Olhando cautelosamente o vulto no muro, ele aproximou-se mais.

— Não é verdade que contaminaram a cidade. A desgraça atingiu todo o mundo. Veja, eu estou bom. Bebo água de garrafa, andei quilômetros ontem, sem me cansar. Devemos ser amigos,

A Espingarda

trabalhar juntos. Se você tem medo de algo, eu poderia dormir em quarto distante, conversaríamos de longe, como agora...

— Não, não quero, você está contaminado, vá embora senão eu atiro.

— É absurdo dizer que estou contaminado. Não há sul nem norte. Tudo é a mesma coisa. Não existem fronteiras, só gente morta em toda parte. Sei de um lugar onde existe um trator. Podíamos viajar nele, procurar onde há vida.

— Procure você, sozinho, mas desapareça daqui, hoje.

— Mas você não tem o direito de me falar assim. Não é dono da cidade, nem de onde você está. Se somos dois vivos, metade me pertence. Você não pode me expulsar...

— Posso — o outro interrompeu, levantando a espingarda —, posso expulsá-lo, esta é a minha cidade, vocês não prestam, vieram do sul, mataram todos...

— Não matamos ninguém, os culpados estão longe, talvez mortos. Aceito qualquer condição, vamos entrar em um acordo.

— Não, nenhum maldito me dará ordens. Vá embora, depressa!

— Maldito é você, que se julga dono da cidade, porque está armado. Tenho uma espingarda, mas não a trouxe. Quero paz, amizade. Se você me mata, o que ganha? Nada, nada!...

O outro levantou mais um pouco a arma, enquanto gritava:

— Não quero ouvir coisa nenhuma. Estou cheio de mentiras. Não aguento mais. Vou lhe dar um tiro, entendeu, vá embora...

— Vou quando quiser. Tenho direito de entrar nessa fortaleza de mentiras. E vou trazer o argumento que você entende, a espingarda...

O ruído reboou pela praça. O outro atirara de cima do muro, quase sem apontar. Ele sentiu um repuxar no ombro, voltou-se, saiu correndo. Um segundo tiro estourou, ele fugia desesperado, uma sensação no ombro, não sabia se estava ferido. Lembrava-se de histórias, homens atingidos mortalmente a correr, tombando fulminados, de repente. Seu sangue pulsava, via a rua, as casas passando, entre a onda vermelha de raiva e desespero. Andar quilômetros, sobreviver entre as podridões, para ser liquidado assim. Chegou ao quarto onde guardava a bagagem. Abriu o armário, pegou a espingarda carregada, saiu para a rua, sem se deter. O peito arfava, como se tivesse asma, repetia "maldito", "maldito", o caminho de volta como um pesadelo, seu controle tombado em frangalhos. Não sabia se pensava ou estava gritando. Sobre o muro, o vulto odiado. Foi correndo em sua direção com a espingarda levantada, o dedo puxando o gatilho. Sentiu o coice no ombro, tão forte que o desequilibrou. Pareceu-lhe que o outro caíra para trás, mas poderia ter-se escondido. Recuou até a calçada, o bater do coração ecoava-lhe no ouvido. Afastou o paletó, viu a camisa manchada de sangue. Gritava "maldito" soluçando de raiva, o rosto manchado de lágrimas. Ainda correndo foi ao outro lado da praça onde vira uma farmácia. Procurou nas prateleiras, achou litros de álcool, que carregou até o portão fechado. Arrastou cadeiras e dois caixões vazios da loja de fazendas, empilhando-os encostados no portão. Abriu dois litros, aspergiu-os de cima a baixo, riscou um fósforo. O fogo pegou com um estouro, cobrindo tudo com chamas azuis e vermelhas. Quando diminuíam, jogava outros litros, e a própria madeira se inflamou. Olhava para as chamas, ofegando do esforço feito. Acompanhava o progredir do fogo, as tábuas se transformavam em carvão, as fagulhas que saltavam. Sentia no rosto o calor, mas não se afastou. Um trecho do pátio aparecia, pelo buraco de uma tábua caída. As chamas acabavam. O portão, desconjuntado, tombava, lançando faíscas, soltando fumaça de carvões se consumindo. Ele trouxe uma vara comprida, derrubou as tábuas mais altas. Pisou com os sapatos as brasas do chão e pulou para dentro do pátio. Aos pés de uma escada, viu a espingarda, jogada. Um rastro no chão, com pingos de sangue. O outro estava perto da casa, os braços estendidos, as mãos em garra. Arrastara-se uns dez metros. O

A Espingarda

chumbo grosso atingira-o na garganta. Não se via seu rosto, encostado na terra. Estava morto.

Ficou contemplando-o uns instantes e encaminhou-se para a casa. Seguiu por um corredor a procura de um banheiro. Diante do espelho tirou o paletó e a camisa cheia de sangue. A bala fizera-lhe um talho no ombro. Começava a doer. Achou algodão, desinfetante, limpou tudo. Pôs um chumaço de gaze, preso com esparadrapo. Terminando, foi até a cozinha. Havia latarias e água. Fez um pacote do que interessava e saiu. No pátio, parou diante do cadáver. Os cabelos, sujos de poeira, agitavam-se com a brisa. Saiu, passando com cuidado pelo portão. Distante alguns metros, viu sua espingarda. Parou diante dela, a pensar. Abaixou-se e pegou-a. Virou a esquina em direção ao quarto onde dormira. Lá, arrumou os mantimentos na sacola de escoteiro. Preparou um copo de leite e bebeu. Ajeitou a sacola de lado, para não tocar na ferida, que doía. Abriu o armário, tirou alguns cartuchos, que distribuiu nos bolsos. Dobrou o cano da espingarda, tirou o cartucho vazio que substituiu por outro, carregado. Ajeitou-a como pôde, por cima da sacola. Saiu para a rua. O peso era desagradável, a ferida ardia. Atravessou ruas e quarteirões, sem olhar para os lados. Estava no fim da cidade. Havia uma estrada em direção às montanhas. Parou alguns instantes, olhando, depois seguiu com passos cansados. A estrada levava para o norte. Para lá o homem partiu, com mantimentos e uma espingarda.

O COPO DE CRISTAL
Jerônymo Monteiro

Monteiro é um dos nomes mais importantes de toda a ficção científica brasileira, o primeiro a escrever com consciência de que desenvolvia esse gênero literário, o primeiro a criar um herói pulp, *o seu Dick Peter — em aventuras para o rádio e em formato de romances, escritos sob o pseudônimo de "Ronnie Wells", sobrenome que denuncia sua paixão por H. G. Wells —, detetive que se metia também em aventuras fantásticas.*

Em "O Copo de Cristal", recentemente publicado na antologia norte-americana Cosmos Latinos: An Anthology of Science Fiction from Latin America and Spain *(editada por Andrea L. Bell e Yolanda Molina-Gavilán para uma editora universitária), Monteiro revela alguns aspectos centrais da sua produção, além de elementos que são distintivos da FC brasileira — a descrição de uma vida simples, um certo tom intimista, a crítica à imaturidade humana — e da FC da década de 1960 — o temor da guerra nuclear, especialmente. Aparecem ainda detalhes da vida do escritor: a infância tiranizada pelo rígido pai, a experiência de ser preso durante o regime militar, e a casa em Mongaguá, na qual se deram tantos almoços reunindo os fãs de ficção científica que formaram o "Primeiro Fandom" brasileiro, e até sua coluna no jornal* Tribuna de Santos. *Monteiro foi um dos criadores da Associação Brasileira de Ficção Científica, em 1965, e esteve à testa do movimento de fãs até sua morte, em 1970.*

"O Copo de Cristal" é uma das muitas histórias sobre artefatos que possibilitam a visão do passado e/ou do futuro, ao lado dos romances O Presidente Negro, *de Monteiro Lobato, e* Viagem à Aurora do

Mundo, *de Erico Verissimo. Ao contrário do que se dá nessas obras, o que é testemunhado aqui reflete intensamente a experiência brasileira do momento: a crítica direta aos excessos do regime militar — o conto foi escrito em maio de 1964, um mês após a tomada do poder pelos militares, e sua existência contesta o senso comum de que os autores da década de 1960 se abstiveram de criticar o golpe de Estado —, que é inserido num movimento maior de violência e autodestruição total, testemunhado e prenunciado pelo estranho artefato. Tendo sido adaptado para a televisão por Zbigniew Ziembinski em 1970 e veiculado pela Rede Globo (com resultado final que desagradou à família Monteiro), "O Copo de Cristal" apareceu primeiro na coletânea* Tangentes da Realidade *em 1969, um ano após o Ato Institucional Número 5.*

O Copo, a Correia, o Xadrez

Miguel segurava entre os dedos o copo de pé quebrado. Fitava-o intensamente, certo de que havia nele algo muito importante em relação ao passado. Que era? Que ligação? O copo, de cristal fino, nada valia assim quebrado: não podia ser posto de pé. Como seria a haste, quando estava inteira? Longa? Curta? E por que o guardara por tantos anos? Por que o encontrara agora no armário de velhas coisas?

Largou o copo, que ficou balançando lentamente para um e outro lado sobre o tampo da mesa e, sem saber por que estranha associação, voltou-lhe à memória, de forma quase dolorosa, a violência de que fora vítima recentemente: militares, de metralhadoras em punho, a cercá-lo na rua, ao anoitecer, quando saía para uma visita ao prefeito:

— Comunista! Está preso!

Empurrado para dentro da perua onde já se encontravam três conhecidos seus e mais dois militares de metralhadoras pousadas nos joelhos, seguiram para o centro da pequena cidade, o sargento mata-mouros a indagar onde moravam fulano e sicrano. Novas

O Copo de Cristal

paradas, mais gente para dentro da perua já lotada. "Comunistas! Comunistas!"

A prisão na pequena cela de cimento, úmida e fria, da cidadezinha.

Depois, novamente a perua, a estrada e o xadrez do DOPS. Assim de homens. Comunistas. Piso de cimento, nem um banco, nem um colchão. Centenas de homens estendidos pelo chão e alguns caminhando cuidadosamente entre os corpos, para não os pisar. A maioria seminus, porque o calor era sufocante na enorme sala sem ventilação.

A privada, ao canto, aberta a todos os olhos.

As horas infindáveis, agoniadas pela falta de ar, pelo cheiro, pela revolta. Depois, a triagem.

— Não consta nada contra o senhor. Está livre. Foi preso em virtude de uma denúncia falsa. Não leve a mal. Sabe que isto acontece em ocasiões como esta.

A alma pesada, o corpo desfeito, o cérebro desordenado pela frustração, a condição humana esmagada pela humilhação.

Miguel pegou de novo o copo de pé quebrado, fitando-o por entre as névoas dolorosas da imaginação. Foi nesse momento que lhe surgiu de chofre, na memória, a "correia" — uma tira de couro, de um metro de comprimento, escura, lustrosa. Ficava pendurada pelo orifício de uma das extremidades, ao prego, no batente da porta da cozinha. Era com ela que seu pai o surrava. Algumas vezes, depois da surra, sua mãe punha-o dentro do tanque, com água de salmoura, para lhe lavar o corpo coberto de vergões e lanhos.

Mas o copo...

Pouco a pouco a memória foi juntando os fiapos soltos e com eles teceu a cena sepultada e esquecida havia meio século.

Era um pequeno terreno baldio, à margem do rio Tamanduateí, entre as ruas João Teodoro e São Caetano. Arbustos cresciam desordenadamente. Montes de detritos aqui e ali: bacias velhas, baldes rotos, pedaços de cadeiras, cacos de espelhos, panelas amassadas. Um reino encantado para o então "Miguelzinho". Sempre que podia escapar à vigilância, ia para lá descobrir tesouros, como aquela grande bacia de ferro zincado que as famílias da vizinhança usavam, então, para o banho semanal. Estava furada e amarrotada, mas era seu mais querido brinquedo: mantinha levantada por um lado, por meio de uma vara, como arapuca; era a sua caverna. Ali passava horas esquecidas, imaginando.

Fora numa tarde, quando estava na sua caverna, que vira o copo de cristal brilhar, lá no meio dos arbustos. Límpido, luminoso. Um tesouro raro naquele local de tristes despojos de lata e vidro grosseiro. Antes de pegá-lo ficou a olhar, embevecido. Depois, segurou-o cuidadosamente entre os dedos, não fosse desfazer-se em pedaços, tão frágil e delicado parecia.

Miguel não se recordava agora, precisamente, passados cinquenta anos, o que fizera, vira ou pensara o Miguelzinho sob a velha bacia, no terreno baldio, com o copo na mão. Mas lembrava-se bem de que o garoto percebeu, de repente, que as horas se haviam passado. Era tarde. Se chegasse em casa depois de o pai ter voltado do trabalho, não se livraria da correia. Ponto capital e indiscutível da disciplina era que ele já deveria estar em casa quando o pai chegasse.

Sentindo desfalecimento, saiu de baixo da bacia. Não havia remédio senão ir para casa, fosse o que fosse que lá o esperava. Pensara confusamente que, levando ao pai aquele belíssimo copo de cristal, talvez ele o perdoasse, compreendendo que houvera razão para demorar-se mais. Além disso, tinha ainda o corpo dolorido da última surra.

O copo não lhe serviu de nada. Apanhou. Foi obrigado a engolir o jantar, sem fome, e foi deitar-se, soluçando silenciosamente na cama, arrumada na sala da frente, sob a janela que dava para a vila. A casa tinha sala, quarto e cozinha. Depois do jantar o pai sentava-se à porta da frente e a mãe ficava na cozinha, entregue aos intermináveis trabalhos domésticos. Às 21 horas, deitavam-se. Era outro ponto indiscutível da disciplina doméstica.

O Copo de Cristal

Miguelzinho não conseguiu dormir. Já não chorava. Descobrira a cabeça e olhava a escuridão. Por isso, notou que havia na cozinha uma luz suavemente azulada, que fazia destacar-se a porta. Durante algum tempo ficara a olhar, a curiosidade crescendo. Que seria aquilo? Teria o lampião de querosene ficado aceso? Alguma lamparina votiva? Ou teriam ficado brasas acesas no fogão de carvão?

Mas era uma luminosidade azulada. Luar não era: a cozinha não tinha janela que desse para fora.

Miguelzinho levantou-se, abafando os gemidos, procurando não fazer barulho, mas a voz do pai veio lá do quarto:

— Aonde é que vais?

— Vou beber água, posso?

Como não veio resposta, é que podia. Caminhou para a cozinha e logo da porta ficou deslumbrado. A luminosidade azul vinha do copo de cristal, emborcado na mesinha, ao lado da pia. Parecia cheio de luz. Leves sombras aprisionadas dentro dele moviam-se confusamente, como volutas de fumaça. Siderado sob o choque daquela maravilha, o garoto ficou como estátua, olhando sem compreender. A cozinha não tinha forro. Havia algumas telhas quebradas no telhado e através das gretas via-se a fraca claridade do céu enluarado. Uma estrela brilhava, bem no centro de um triângulo de telha quebrada. De repente, a voz do pai trovejou lá do quarto:

— Que estás a fazer? Demoras tanto para beber água?

Miguelzinho deu um salto.

— Já bebi. Vou indo. — Apanhou o copo e caminhou para a porta.

Assim que ele apanhara o copo de cima da mesinha, o encanto se desvanecera. Não havia mais luminosidade azul. O que estava em sua mão era apenas um copo de cristal, quebrado.

Voltou para a cama, levando seu tesouro, que acariciou longamente no escuro. Quando sentiu o sono a chegar, depositou-o cuidadosamente no chão, junto à parede.

Agora, Miguel olhava o copo e na sua memória atropelavam-se coisas entremeadas de vagos rasgos de imaginação e observação casual. O copo, cheio de imagens da sua infância, à margem do Tamanduateí, era de um cristal tão puro, tão fino e transparente como não vira igual. Naquele tempo, quando o achara no lixo do terreno baldio, não notara isso. Vira que era branco, transparente, bonito, muito mais bonito que qualquer copo que tivesse visto até então; muito diferente do copo que havia na sua casa, de vidro grosso, esverdeado, rude, com pequenas bolhas brancas. Era o copo para servir água às visitas. O único, porque não se usavam copos em sua casa. Usavam-se canecas de ferro esmaltado e latinhas de leite condensado a que os funileiros ambulantes soldavam asas — aqueles funileiros que passavam pela rua apregoando sua presença com as notas cristalinas que tiravam com um pequeno martelo percutindo a frigideirinha de ferro.

Agora, porém, ele podia distinguir o cristal de qualidade do vidro ou do cristal inferior. O copo de pé quebrado era de cristal finíssimo.

Pé quebrado... Agora, que Miguel examinava o copo com mais atenção, viu que o pé não era quebrado. Aquele copo nunca tivera a sapata circular que têm todos os copos de pé. A haste terminava perfeitamente acabada. Tinha, mesmo, na extremidade, uma pequena cavidade cônica.

Miguel tentou pô-lo de pé, em equilíbrio. Durante um momento ele se manteve imóvel, mas, subitamente, oscilou, rolou pela mesa e caiu no chão, por mais esforços que Miguel fizesse para lhe impedir a queda. Seu coração esfriou e deteve-se como se, partindo-se o copo em pedaços, lhe causasse mal irreparável.

Mas não se partiu. Saltou no chão de cerâmica, emitindo sons cristalinos, balançou para um lado e para outro e imobilizou-se, inteiro, sob o seu olhar fixo, cheio de incredulidade. Miguel não o levantou logo. Durante algum tempo ficou a olhá-lo. Não podia ser, mas era: o copo estava inteiro, intacto, sem uma trinca — perfeito e puro como antes.

Novamente com o copo entre os dedos, examinou-o cuidadosamente. Nada. Algum acaso raro impedira que o copo se espatifasse contra o piso de cerâmica... Ou seria inquebrável? Suspendeu-o pela ponta do pé, com dois dedos, e deu-lhe uma pancada com o lápis. O som argentino encheu o escritório e se propagou em ondas. Outra pancada, mais forte, outra onda de som, mais ampla. Pegou na espátula de cortar papel e, depois de leve hesitação, bateu com força. A nota argentina viajou pela casa toda e o cristal permaneceu intacto, vibrando em seus dedos.

Excitado, largou o copo sobre a escrivaninha e saiu para o terraço. Soprava do mar um vento fresco. O cata-vento, no alto do longo mastro de embiruçu, girava célere e silencioso (o "avião do vovô", como diziam seus netos), oscilando lentamente entre o sul e o leste. A duzentos metros do fim da rua, as ondas erguiam a crista de espuma. Junto à linha do horizonte passavam, lentos, dois barcos pesqueiros.

Mais uma casa estava sendo construída naquela rua. Quando tinham vindo para Mongaguá sua casa fora a primeira e por muito tempo se conservara a única nas redondezas. A solidão era agradável. Pássaros de numerosas espécies andavam por ali. Ao entardecer, sabiás cantavam nas árvores próximas. Uma vez ou outra bandos de periquitos passavam, voando alto e gritando, rumo à serra tão próxima. Socós desciam com seu voo pesado, quando as grandes chuvas deixavam lagoas no terreno; saracuras saltitavam, piando, e outras aves aquáticas visitavam as poças.

Depois começaram a construir outras casas, meninos de estilingue andavam pelas capoeiras, homens de espingarda em punho dedicavam-se à "caça". Agora, havia mais de um ano que não apareciam pássaros, nem mesmo os tiés-fogo, que eram tão abundantes. Raríssimo ouvir o canto de um sabiá.

Depois, viera a perua, os policiais de metralhadora: "Comunista! Está preso!" E o xadrez, os corpos pelo chão, a privada aberta a todos os olhares. Como a morte, a fuga dos pássaros. Uma escura e feia mancha se estendeu sobre a casa e a paisagem, extravasando do seu espírito acabrunhado, mancha que se alastrava e cobria a pequena cidade, o litoral, o Estado, o país. Como a laje de um túmulo. Dentro do túmulo não se pode falar, nem ouvir, nem pensar. Dentro do túmulo jaz o corpo morto. A privada ao canto. Quem se acocorasse sobre ela, à vista de centenas de outros homens, ficava inibido, esmagado. Era assim. A privada, o mundo todo olhando.

Estendido na rede do terraço, Miguel deixava o espírito divagar desordenadamente, esvoaçando como uma ave sobre terreno que a queimada transformara em deserto. Nenhum lugar para pousar que não ferisse, queimasse ou sujasse.

Mas, de qualquer modo, o espírito cansado pôde adormecer ao sol.

O Copo, os Patos, o Xadrez

À noite, depois do jantar, Miguel estava de novo com o copo de cristal entre os dedos, estranhamente preocupado com pensamentos vagos e informes. O copo, parece, reclamava poderosamente sua atenção, mais que isso, todo o seu ser. Era o copo. Quando, garotinho ainda, vira aquela luminosidade azul dentro dele enchendo a humilde cozinha de telha-vã — vira mesmo? Não se trataria de uma dessas peças que a memória, de mistura com a imaginação e injunções do momento, podem pregar na gente? Não seria, então, um artifício de seu espírito, algo como um espetáculo psíquico que ele encenara, inconscientemente, para misturar às dolorosas recordações da infância e fazê-las mais suaves?

Pensou em contar à sua companheira toda a história do copo de cristal. Mas desanimou logo. Como contar? Como responder a perguntas que viriam abrir atalhos imprevisíveis na recordação ou no rumo das ideias? As pessoas querem saber mais isto e mais aquilo. Às vezes querem saber coisas que não se podem explicar.

Mas, se o copo era luminoso à noite, o jeito era verificar.

O Copo de Cristal

Cerrou as persianas do escritório, fechou a porta, apagou as luzes e colocou o copo de borco sobre o tampo da escrivaninha. Nada. Ele ali estava, levemente visível, porque a escuridão não era total. Mas nenhuma luminosidade tremulava em seu interior. Talvez fosse preciso esperar, dar tempo. Naquela noite, na cozinha de telha-vã, meio século atrás, o copo ficara sobre a mesinha uma ou duas horas, antes que ele descobrisse a cabeça na cama e viesse a luminosidade.

Deixou-o, pois, sobre a escrivaninha, emborcado, e foi para o terraço. Car, sua companheira, estava na rede e falou-lhe de coisas repousantes, de galinhas, patos e marrecos.

— Alguém mexeu no ninho da marreca. Ela abandonou-o. Anda botando por aí, em qualquer lugar. Seu Alípio encontrou um ovo ontem, aí perto dos tijolos. Hoje encontrei outro, na margem do riacho.

— Ela acabará escolhendo outro lugar para fazer o ninho.

— Amanhã vou matar outro pato. Temos ainda três machos e só duas fêmeas. Temos que deixar um macho só.

— Claro. Um macho é suficiente.

— Você quer que faça bifes de pato?

— Ótimo. O que você fizer está bem.

Os marrecos, os patos, as patas, os bifes. E o copo de cristal emborcado lá no escritório, no escuro.

— Hoje, quando fui à vila vi o alemão com seu Zé, conversando. Fiquei louca de ódio. Ele sabe muito bem quem fez a denúncia. O que você pensa é verdade mesmo.

— Claro que é verdade. Ele é amigo do denunciante. Foi tudo preparado. Ele foi preso junto para ouvir o que os outros diriam. Alcaguete.

— Nojento! Fiquei com vontade de lhe pregar a mão na cara.

— Bobagem, Car. Os homens são assim mesmo.

Os homens são assim. Perversos, cruéis como o lobo quando vê os três porquinhos indefesos. O homem que se vê de repente com um pouco de poder na mão trata logo de montar uma guilhotina, uma forca, um pau-de-arara. "Essa gente vai ver agora com quem está lidando!" E a perua, as metralhadoras, o sargento mata-mouros: "Comunista! Está preso!"

E o copo de cristal lá no escuro, emborcado.

Miguel deixou a sombra agradável do terraço e voltou ao escritório. Era verdade, então! Havia luminosidade azulada dentro do copo. Mas fraquíssima! Tão fraca que não clareava nem a mão colocada ao seu lado.

Seria certo, mesmo, aquela claridade resplandecente, na velha cozinha esburacada, de telha-vã, há meio século? Até onde seria fiel a memória? Até onde a imaginação criara adornos, subterfúgios, biombos e labirintos? Que obra construíra a defesa psíquica para ocultar ao consciente os abismos, as fendas, os tocos calcinados do campo queimado?

Talvez fosse preciso mais tempo.

Voltou ao terraço. Car adormecera na rede. Mulherzinha corajosa! Recebera a notícia serenamente, quando ele conseguiu mandar-lhe o recado, da cadeia. Passara aquela noite todinha ali no terraço, sentada, esperando que amanhecesse, para tomar providências. Se ele não dormira no chão de cimento do xadrez, ela não dormira também, quem sabe se mais ferida ainda pelo pano da rede do que ele pelo cimento duro, com as baratas correndo para cima e para baixo. Madrugada ainda, saíra, com destino à cidade. Mas queria passar despercebida: sabe-se lá que tramariam eles, se havia vigilância... Caminhou a pé alguns quilômetros pela valeta marginal da estrada de ferro, dentro do matagal molhado de sereno, tropeçando, caindo nas barrocas pelo escuro da madrugada. Tomou o trem das cinco, na estação seguinte. Na cidade, procurou os nossos[*] amigos que podiam interceder.

Agora, tudo passado, ela ali estava, dormindo, serena, na obscuridade do terraço. Tudo acabado, ela dormia. Mas, para ele,

---

[*] Um lapso de Monteiro, que escreveu a frase em primeira pessoa, o que nos dá o indício claro de que esse fato teria realmente ocorrido com ele.

estaria tudo acabado também? Poderia limpar algum dia a dignidade emporcalhada?

Na outra rede, Miguel tentou adormecer, inutilmente. Como há cinquenta anos atrás, o copo de cristal mantinha-o acordado, expectante.

Quando o filho voltou do cinema, pelas 22h30, foram deitar-se. Car tinha sono pesado. Adormecia assim que pousava a cabeça no travesseiro e não acordava facilmente. Miguel podia levantar-se, andar de um lado para outro, acender e apagar luzes, sem que ela acordasse.

A Luz Azulada

No escritório, estava tudo na mesma. A luminosidade dentro do copo de cristal era a de horas antes. Mas, sem dúvida, existia. Quem sabe se o local não era apropriado? Não reunia, talvez, as condições que tinham existido na velha cozinha de telha-vã... Os pedaços quebrados de telhas, uma estrela luzindo através de um dos buracos...

Pensou na despensa, ao fundo do salão, completamente escura, o pequeno vitrô dando para o poente...

Levou para lá o copo e colocou-o na mesa de passar-a-ferro, observando-o, ansioso. Sem dúvida. Havia mais luminosidade dentro dele agora, mas não ainda aquela luminosidade resplandecente de cinquenta anos antes. Não, muito menor!

Olhou a noite escura pelo vitrô. Poucas estrelas brilhavam no céu: essa era a parte menos povoada do firmamento. A Via Láctea estava mais a leste, por cima de casa.

Lembrou-se, então, do barracão, no quintal. Podia fazer um furo no telhado de Brasilite...

Foi para o barracão. Colocou o copo sobre o banco de carpinteiro. Com a talhadeira abriu um pequeno rombo no telhado. (Depois daria um jeito naquilo.) Fechou as portas e a escuridão fechou-se sobre ele como a asa de um morcego. Logo se destacou, nas trevas, a luminosidade azul aprisionada no copo de cristal. O coração de Miguel pulsava desordenado. Sentia-se de volta à velha cozinha; saltara cinquenta anos para trás. Alterou um pouco a posição do copo e a luminosidade aumentou visivelmente. Devagar, moveu-o para um lado e para outro, observando as alterações da luz, até conseguir o que lhe pareceu a posição ideal. O barracão ficou suavemente iluminado pela claridade azul. Miguel sentia-se tão emocionado que teve de se sentar e ficar quieto por algum tempo, de olhos fechados, imóvel.

Que era aquilo? Não sabia. Não sabia que força ou que fenômeno estaria manipulando — mas tratava-se, sem dúvida, de algo extraordinário que as leis físicas, químicas e ópticas de seu conhecimento não pareciam explicar. Mas era também muito difícil de explicar aquele "copo" de cristal finíssimo e sem pé, inquebrável.

Tornou a abrir os olhos. Aproximou a velha cadeira do banco de carpinteiro, de modo a ficar comodamente com os olhos bem próximos do copo de cristal. Pôde ver que a luminosidade azul não se conservava quieta: ondulava, pulsava, descrevia volutas e espirais que se desfaziam continuamente em novas formas esquivas e evanescentes.

Era estonteante e paralisador, como se daquela estranha luz participasse, de algum modo, uma força hipnótica. À medida que o tempo passava, parecia-lhe que não mergulhava apenas o olhar na tênue massa ondulante de luz azulada — mas também a cabeça, o corpo, como se o pequeno copo abrangesse todo o espaço diante de si. Não havia mais nada: nem banco de carpinteiro, nem barracão, apenas a luminosidade com suas abstratas formas escuras que se enroscavam, subia e desciam.

O som de um apito chamou-o à realidade. Em seguida, o ruído violento do trem, passando ao lado da casa, estraçalhou o silêncio e a quietude. Miguel arrancou-se de dentro da luz azul e pensou, com certo espanto, que eram cinco horas. Ia amanhecer dentro em pouco. Passara toda a noite a olhar aquela irrealidade que ressurgia do fundo do seu passado. Olhou ainda. O fenômeno continuava, mas parecia-lhe mais fraco. Levantou-se, esticou as pernas, abriu as portas e olhou a madrugada cinzenta e fresquinha. Voltou ao copo: estava quase apagado. Suspirando, guardou-o cuidadosamente na prateleira onde estavam os pacotes de pregos. Fechou o barracão e foi deitar-se.

O Que Vivia Dentro do Copo

Miguel levantou-se tarde e teve muita dificuldade em se entregar ao trabalho. Custava-lhe alinhar as palavras para a seção diária que mantinha no jornal. As coisas não se engrenavam. O espírito estava distante, recalcitrante, vago.

Esperava a noite ansiosamente e teve que inventar desculpas para aquietar a companheira, que lhe notava a agitação. Que infantilidade era aquela de passar a noite toda a olhar um copo de cristal? Era uma coisa tão pessoal, tão íntima, tão ligada à sua vida de criança, quando Miguelzinho sonhava sob a grande bacia no terreno baldio — que lhe parecia impossível que alguém se interessasse pelo caso, ou visse o que ele via dentro daquele copo.

Quando a noite chegou, Miguel voltou ao barracão, com o espírito cheio de dúvidas. Revelar-se-ia ainda uma vez aquela luz azulada?

Sim. Lá estava ela, como na noite anterior, como há cinquenta anos passados na velha cozinha pobre e esburacada. Puxou a cadeira e sentou-se, a olhar. As tênues sombras, dentro da luminosidade azul, ondulavam lentamente. Era fascinante e hipnótico.

Foi tirado do mergulho no mistério por um vulto que se aproximara silenciosamente. Era Car. Viu-lhe o rosto assustado à luminosidade azul do copo. Sorriu. De certo modo, o encanto quebrara-se. A luminosidade lá estava, as sombras continuavam a mover-se lentamente, mas a intimidade fora perturbada. O sentido místico esvaíra-se.

— Que é isso? — perguntou ela, de olhos arregalados.

— Não sei. Que é que você acha?
— Parece feitiçaria. Que há dentro desse copo?
— Nada. — Miguel levantou o copo, acendeu a luz e ela pegou-o, admirada, revirando-o. Depois, a luz foi apagada, o copo voltou ao lugar e Miguel continuou: — Tenho esse copo há mais de cinquenta anos. Encontrei-o num terreno baldio, quando criança. Naquele tempo ele já tinha essa luz dentro, de noite. Depois, esqueci-o. Ontem, ao encontrá-lo de novo por acaso, voltou-me tudo à memória. Estava experimentando...
— Mas essa luz, que é?
— Quem sabe? É o que estou querendo descobrir. Alguma coisa é. O copo também não é comum. Parece de cristal, mas não se quebra.
— Que coisa mais estranha!
Car puxou um caixote, sentou-se e ficou a olhar o copo, tão fascinada como ele mesmo estivera. Durante alguns minutos os dois ficaram assim, contemplando o espetáculo em silêncio. Depois, ela disse:
— Há umas coisas que se movem aí dentro.
— Pois é. Essas sombras. Isso é que é maravilhoso.
— Você vê apenas sombras?
— Só. Sombras e ondulam, sobem e descem...
— Mas não, Miguel. Não são sombras. Espere... são coisas... Parece um exército avançando por um terreno imenso...
— Exército?
— Sim. Homens, muitos homens. Há outras coisas, também. Não sei... Coisas que deslizam... Carretas? Olhe! Não está vendo?
Ele não via. Via sombras que se movimentavam. Via variações de tonalidade que se dirigiam para um lado e iam sumindo, enquanto outras sombras vinham, em procissão. Tudo vago. Car devia ser dotada de estranha sensibilidade visual para poder, assim, distinguir formas precisas onde ele via apenas delineamentos fugazes. Aliás, ela sempre tivera sensibilidade anormal para muitas coisas. E agora, ali estava, debruçada sobre o copo de cristal, mergulhada na sua translúcida matéria evanescente, mais

alheia ainda ao mundo que a rodeava do que ele jamais estivera, com toda a sua paixão pelo estranho fenômeno.

Exército... homens que marchavam... carretas...

Passaram toda a noite imersos no mundo luminoso do copo de cristal, ela vendo massas humanas a caminhar por um terreno sem fim, entremeadas de pesados carros de guerra. Via o brilho de armas, das pontas das lanças; o reflexo da luz nas lâminas de espadas desembainhadas. Via rolos de pó erguerem-se por cima dos soldados. Ele via apenas sombras de movimentos caprichosos, e deixando-se fascinar por elas, mesmo assim, em sua simplicidade, ouvindo, empolgado, a descrição que Car fazia das cenas. As sombras que via concordavam com o que ela ia descrevendo. Era como se, tremendamente míope (como era em realidade), estivesse vendo um filme sem óculos. Pensou, depois, que o uso de lentes bastante fortes talvez pudesse fazê-lo distinguir melhor. Estava pensando nisso quando o apito do trem das cinco veio pontualmente avisá-los de que era hora de encerrar o espetáculo.

Repetiu-se a ânsia da espera, no dia seguinte. Agora, a espera a dois permitia conversa, troca de hipóteses e, de algum modo, ajudava a passar o tempo. O trabalho que esperasse. Não era possível trabalhar sob aquela excitação. Miguel foi a Santos, comprou algumas lentes e, à noite, no barracão, pô-las à prova, para verificar logo em seguida que não adiantavam nada. Para ele, com lentes ou sem lentes, tudo eram sombras. Car, no entanto, continuava a distinguir nitidamente as cenas que se desenrolavam dentro da luminosidade azul.

— Eles estão parados. É uma grande planície. Alguns andam para um lado e para outro. Lá longe, no horizonte, move-se uma mancha escura. Agora, eles estão acendendo grandes fogueiras.

Miguel distinguia as fogueiras, não como fogueiras, mas como pontos luminosos mais vivos e avermelhados na tonalidade azul.

— Oito fogueiras? — perguntou ele.

— Oito já acesas, mas estão acendendo mais, espalhadas por toda a extensão. Você já está vendo, agora?
— Estou vendo o brilho das fogueiras. Como é que estão armados? Têm fuzis, metralhadoras, canhões?
— Não. Parece que não têm nenhuma arma de fogo. Têm lanças, espadas, escudos.
— Diabo! E a mancha, lá longe?
— Parece que se vem aproximando, muito devagar.

Ele via isso: uma sombra mais escura que vinha da extremidade da luminosidade azul, descendo para o centro.

Durante algum tempo contemplaram, calados. Depois, ela disse, excitada:

— É outro exército! Vem vindo ao encontro deste. Parece que vai haver uma batalha...

Ia mesmo. Os dois exércitos, afinal, se encontraram, numa confusão tremenda. As sombras, Miguel as viu, enovelando-se, penetrando uma na outra. Car, porém, via detalhes.

— É horrível! Eles se destroem como animais selvagens! Retalham-se com as espadas, perfuram-se com as lanças. Fazem-se em pedaços. Jorra sangue em abundância. Os que correm pisam nos que se estão estorcendo no chão, feridos. Devem estar gritando... Não posso mais olhar esse horror!

Apesar da fascinação da cena, ela recuou, tirou os olhos do copo de cristal e cobriu-os com as mãos. Miguel, desesperado, continuava a olhar as vagas sombras que se agitavam. Durante algum tempo, olhou em vão. Depois, pareceu-lhe que a cena se modificava. Havia certa quietação nas sombras antes enfurecidas.

— Car... olhe agora. Parece que a batalha acabou...

Ela aproximou-se e fitou novamente a massa tênue e translúcida.

— Acabou. O chão está forrado de cadáveres ensanguentados, quase todos sem cabeça. Foram degolados. O sangue escorre ainda. Um dos exércitos vai-se afastando, mas está muito diminuído...

Car ia ceder novamente ao horror da cena quando o estridente apito do trem das cinco veio anunciar o novo dia. A composição passou, barulhenta. A luminosidade decrescia no copo de cristal.

"Drink Coca-Cola"

Agora, Car partilhava o seu segredo com a mesma intensidade e a mesma excitação. Estranhamente, evitavam falar naquilo durante o dia. Parecia haver naquele fenômeno uma qualidade inibitória, que os mantinha em reserva, à espera do que estava por vir. Que exércitos seriam aqueles? Que gente era aquela que assim lutava selvagemente? Era evidente que se tratava de exércitos do passado, do tempo em que a humanidade, sob o pulso de ferro de senhores impiedosos, abria seu caminho patinhando rios de sangues... Mas, acaso mudara muito a humanidade, desde aqueles tempos? Há um certo decoro. O homem aprendera a ser submisso. Compreendera que era melhor obedecer a determinadas leis, para evitar o fio das lâminas. Os meios são outros agora, mas, em essência, os sentimentos, o espírito, são os mesmos. Uma pequena minoria que manda e determina e uma imensa maioria que obedece, em troca de um pouco mais de comodidade, um pouco mais de pão, um pouco mais de circo. A guerra, agora, é um negócio organizado. Há máquinas e engenhos que poupam os homens no campo de batalha, mas não em respeito ao homem e sua vida (se fosse real esse respeito não se fariam guerras) mas porque as máquinas matam o "inimigo" mais depressa, destroem mais completamente. As guerras continuam a dominar a História de nossos dias, como dominaram a História do homem de todos os tempos. O espírito continua o mesmo. Se alguma coisa mudou foram os recursos. E os argumentos.

No fim daquela semana, como era costume, Lazlo compareceu com a esposa e os dois filhos. Miguel tinha grande estima pelo genro, como amava extremamente sua filha e os netos.

Jerônymo Monteiro

Gostava de vê-los aproveitar o sol e o mar, gostava das suas traquinagens.

No terraço, à hora da caipirinha que sempre precede o almoço nos fins-de-semana, Lazlo, que olhava o sogro, observou:

— Você parece preocupado. Que é que há?

Miguel sobressaltou-se.

— Não há nada. Que é que está notando?

— Você parece abatido, cansado, preocupado... Outra vez aquela história de perseguição?

— Não! Nada disso! Está tudo sossegado. É outra coisa.

"É outra coisa"... então, é alguma coisa... Miguel sentia-se agora compelido a falar. Lazlo era inteligente, culto, sensato. Seria útil o seu testemunho, se o fenômeno se repetisse para ele o ver. Miguel acabou contando-lhe detalhadamente tudo o que se passara, desde que encontrara o copo de cristal. Lazlo riu-se, cético.

— Não acredita?

— Gostaria de ver.

— Hoje à noite.

Nessa noite, Car, Lazlo e Miguel se instalaram em torno do copo, no barracão. A luminosidade atingiu logo aquele ponto deslumbrante, enchendo o recinto de luminescência azulada e tênue. Lazlo, fisionomia dura, interessada, olhos atentos, fitava o copo. Car, com o rosto quase encostado ao cristal, parecia transportada para outro mundo.

— São ruínas, agora — disse ela —, grandes ruínas.

— Vê alguma coisa, Lazlo? — perguntou Miguel.

Lazlo procurou acomodar-se melhor, aproximou o rosto do copo, e seus olhos azuis arregalaram-se.

— São ruínas, sem dúvida. Ruínas de uma cidade gigantesca... Que cidade será? Tóquio, Nova York? Londres? Moscou?

— Devem ser cidades antigas, Lazlo. A batalha que vimos ontem travava-se entre exércitos do passado.

— Não podem ser cidades antigas. Estas ruínas...

O Copo de Cristal

Era evidente que Lazlo via muito melhor que Miguel, mas Car via melhor que Lazlo. Por concessão tácita, Car continuou descrevendo o que via:

— São grandes ruínas. Há destroços pelo chão. Há pessoas que se movimentam por entre os destroços. Estão vendo? Gente estranha... vestida de farrapos... mulheres seminuas... Mas... parecem deformados! Olhem... uns homens, ali... Cabeças enormes! Uma mulher com quatro seios, não, seis! Que horror, Céus! Lá... aquele homem... Tem quatro braços! É um grupo horrível! Eles andam à procura de qualquer coisa entre os escombros. Alguns entram pela grande porta do edifício meio destruído... Os outros, que ficaram do lado de fora, olham para todos os lados, como se receassem alguma coisa... Os que entraram... vêm saindo. Trazem... um animal... é um cachorro! Correm todos para cima deles... estão estraçalhando o cachorro! Estão... comendo!

Car estava a ponto de perder os sentidos. Recuou e tapou os olhos. Lazlo não distinguia a cena tão nitidamente, mas via o suficiente para corroborar o que Car dissera. Miguel continuava vendo apenas sombras ondulantes.

— Vem vindo um grupo do outro lado — disse Lazlo. — Olhe...

Car forçou-se a olhar de novo, vencendo a repugnância.

— É outro grupo de pessoas... iguais às primeiras. Deformadas, maltrapilhas, esqueléticas... Correm. Atiram-se sobre as outras. Estão disputando os pedaços sangrentos da carne do cão. Vejo cacetes... Começaram a lutar... facas! Estão todos doidos! Piores que animais selvagens! — Car lançou um grito. — Virgem Maria! Não, não, não!

Ela deu um safanão no copo de cristal, que foi bater contra a parede e tilintou longamente no chão de cimento, enchendo o barracão de plangentes sons cristalinos. Lazlo precipitou-se a apanhá-lo e Miguel abraçou a companheira.

— Calma, querida... Controle-se. Isso não passa de uma visão. Pense um pouco... como se fosse um filme.

— Miguel! Que horror! Eles... eles...

— Mas não há realidade nenhuma, Car. São visões. O copo é como uma lanterna mágica. Ele cria as cenas...
— Oh, Miguel... Mas, isso...
— Estavam-se entredevorando, talvez? Mas não é real!
Lazlo levantara o copo e examinara-o.
— Não quebra mesmo! Que cristal será este?
O copo foi recolocado na posição adequada e o barracão de novo se encheu da claridade azul. Miguel e Lazlo debruçaram-se sobre ele, mas Car não se aproximou.

Para Miguel as cenas continuavam o mesmo amontoado de sombras sem precisão nenhuma. Lazlo, embora sem muita nitidez, via bem.

— É espantoso! — murmurava ele. — Onde será isso? Estaremos recebendo imagens de outro planeta? A cena está mudando... Pode olhar agora, Car. Aquilo já passou...

Car aproximou-se de novo, trêmula ainda.

— Aquela gente toda, aquela gente estranha e deformada está fugindo para longe, por uma larga avenida cheia de escombros. Vem vindo do outro lado um grupo que parece organizado... No chão há pedaços de... de carne... Os que vêm vindo agora parecem... Sim. Devem ser os mesmos que estavam lutando... Vêm marchando em ordem. Os outros fogem, vão desaparecendo. Os homens, agora, que usam espada, lanças e escudos, passam. Acho que vão atrás deles. Está aparecendo o resto de um grande edifício... Vejo uma tabuleta, meio torta... é oval...

— Se a gente pudesse ler — falou Lazlo, emocionado. — Se pudesse ler... identificaria, talvez, a época... Se é na Terra...

— Espere... posso... posso ler... drin... drink... Coca-Cola! É isso! *"Drink Coca-Cola?"* — É o que está escrito na tabuleta!

Lazlo fechou as mãos em torno do copo de cristal. O barracão ficou às escuras. A luz azulada que passava entre seus dedos não chegava para iluminar.

— Isto é horrível! — disse ele. E caminhou com o copo para a porta do barracão, que abriu para o escuro da noite. — É horrível! O que estamos vendo, Miguel, o que estamos vendo são

cenas do futuro. É o que espera o homem... Ruínas, volta à barbárie... criaturas deformadas pela radiação atômica... Fome, miséria... Não! Não pode ser. Este copo tem algum truque... Isto não pode ser...
— Por que não? — disse Miguel. — Creio, mesmo, que o mais provável futuro para o homem seja esse, se ele continuar pelo caminho que vai. Os homens nunca se entenderam. Há sempre uma ameaça de guerra e cada vez de guerra pior. O que nos ameaça agora é uma guerra atômica... Quais seriam os seus resultados? Todos podemos prever, sem precisar para isso de nenhum copo de cristal. Depois de uma guerra de destruição total, que sobraria da humanidade se não aqueles molambos que vimos, aqueles selvagens que se entredevoram? Na verdade, o homem não deixou de ser o selvagem troglodita. Lambuzou-se com uma camada de verniz, desde que começou a descobrir coisas e a inventar instrumentos. Mas tudo isso cai como um castelo de areia ao menor sopro de uma guerra. As guerras, as que já passaram e as futuras, são sempre, por seus efeitos, infinitamente mais danosas que as suas causas. Estas, se pensarmos bem, não valem nada: são as expressões da cobiça momentânea do homem. Podiam ser facilmente eliminadas se os homens conseguissem dominar seu orgulho, raciocinar e ceder. Mas não o fazem. Só depois do desastre consumado é que compreendem o erro, mas mesmo assim não o confessam...
— De qualquer modo, acredito na humanidade — disse Lazlo. — Pode ser que as guerras nos levem a extremos, mas o homem civiliza-se pouco a pouco. O futuro do homem há de ser feliz.
— Está-se vendo — comentou sumária e amargamente Miguel.
— Vamos ver mais um pouco? — sugeriu Car. — Quem sabe se mais para diante...
Nesse momento o trem das cinco apitou e logo em seguida passou, trovejando, as janelinhas iluminadas, levando passageiros ainda semi-adormecidos.
— Acabou-se — disse Car, sorrindo. — O aviso do novo dia...

— 111 —

Fogo! Fogo!

Nessa noite eles não observaram mais o copo de cristal, não viram a continuação da história do homem sobre a Terra. Nem nessa noite, nem nunca mais. Foi a última vez que a maravilhosa luminosidade azul irradiou do estranho copo.

Estavam todos dormindo nessa manhã, pelas nove horas, quando a empregada que lidava na cozinha entrou pela casa adentro gritando:

— Fogo! Fogo! O barracão!

Miguel pulou da cama. Car saltou. Ambos correram para fora e encontraram Lazlo, que já olhava as chamas. O barracão, no fundo do quintal, era uma fogueira. Nem que pudessem fazer alguma coisa, não adiantava mais.

— O copo talvez resista ao fogo — disse Miguel, o coração pesado. — Um cristal daquela qualidade, inquebrável e tudo...

Não se sabe se resistiu ou não. Horas depois, quando só restavam cinzas do barracão e algumas traves e caibros ainda fumegantes, deram minuciosa busca: não havia sinal do copo encantado.

— Creio — disse Lazlo — que o copo era inquebrável, mas altamente fusível. Com o calor das chamas, deve ter-se derretido.

Pode ser. Quem, jamais, poderá explicar tudo isso?

Mongaguá, maio de 1964

O ÚLTIMO ARTILHEIRO
Levy Menezes

Este conto faz parte de O 3.º Planeta, *coletânea de histórias escritas e ilustradas por Levy Menezes (1922-1991), então um conhecido artista plástico e arquiteto. Foi publicada pelas Edições GRD em 1965 — o último livro de um autor brasileiro que Gumercindo Rocha Dorea publicou naquela década. Antonio Olinto prefaciou o volume, tecendo grandes elogios à substancial coletânea de Levy Menezes, que, assim como André Carneiro e Fausto Cunha, é produto da Geração GRD. "Pode Levy Menezes ser colocado junto dos escritores que, como Clarke e Nevil Shute, passaram do plano do manuseio de materiais e de números para o da palavra", escreveu Olinto. "Fica nisto, porém, a comparação, já que o senso poético de Levy Menezes o aproximaria, por outro lado, de Bradbury e Sturgeon."*

"O Último Artilheiro" é uma história de pós-apocalipse. Percebe-se por contos como "O Copo de Cristal", de Jerônymo Monteiro, "Água de Nagasáqui", de Domingos Carvalho da Silva, e em "A Espingarda", de André Carneiro, que a guerra nuclear era um assunto de grande preocupação para os autores da Geração GRD, mas este conto de Menezes apresenta uma estrutura particularmente original.

De momentos sarcásticos, a narrativa envolve e nos faz penetrar na mente desesperada de um sobrevivente a vagar por um mundo que parece aguardar a qualquer momento o seu último suspiro — talvez sobre a forma do troar de um canhão. Ao mesmo tempo, o canhão é símbolo de uma ordem desastrada que levou o a vida humana ao ocaso, mas que, como símbolo, recusa-se a morrer, permanecendo como ferramenta adormecida à espera de nova mão que a empunhe.

166

Achei um canhão. Foi o que me decidiu a ficar por aqui, na montanha, aguardando o Dia...

O fiel jipe vinha esquentando na subida da montanha entre os pinheiros — precisando de água não contaminada, eu e ele — quando deparei com a entrada semi-oculta pelos arbustos.

Carregando em posição a minha Fifi cospe-fogo (que dívidas para com ela, tantas vezes minha salvadora!), entrei pelo mato cautelosamente, em vez de seguir a entrada de autos. Sabia já, por dolorosas experiências, como os Últimos defendiam desesperadamente as suas provisões e o seu direito de apodrecer no devido tempo.

Encontrei a garagem, antes de ver a Casa. Espaçosa, lugar para cinco ou seis carros, um dos quais lá estava ainda (e lá permanece), um possante motor e sólida carroceria blindada, sobre cavaletes, à espera atenta, de quem? Latas de gasolina preciosa, de óleo, percebi num rápido levantamento, animalmente alertado como sempre, disposto a me vender caro.

Ao fundo, no escuro, um vulto comprido que pensei a princípio fosse uma carreta qualquer. Embrulhado em lona parda, correias a cingir-lhe a longa figura estranha, pesadamente plantado em maciças rodas, quietamente aguardava-me o querido amigo dos derradeiros meses — desatei o envoltório, curioso, despi-o, e ele me apareceu em toda a sua cinzenta sobriedade e metalicamente engraxada precisão e beleza. Apaixonei-me à primeira vista, acredito.

Logo, em sobressalto, comecei a procurar a Casa que com certeza não estaria longe e que poderia estar habitada ainda, na expectativa de um repentino chuveiro de chumbo quente, nada agradável...

Custei a divisá-la, embora não distasse mais do que duas dezenas de metros da garagem, tal a sua camuflada integração com o ambiente vegetal em torno. Acheguei-me, o medo fazia suar um pouco. Ela se confundia com as rochas limosas, com os troncos dos pinheiros circundantes, e custei a identificar a pesada porta corrediça em aço, apenas encostada, que a um ligeiro impulso meu, deslizou macia. Outra porta em vidro, e além apareceu o sonho de conforto e angústia dentro do qual tenho vivido até agora. Ao passar por ela, depois de atravessar o vestíbulo banhado em azul fluorescência (germicida, descobri depois), assustei-me com o fechamento silencioso da porta exterior, e com o automático levantamento da blindagem metálica das enormes vidraças que dão para o vale muito lá em baixo, onde jazem os quase incólumes restos desertos da cidadezinha, subúrbio da maior — hoje cratera fumegante.

Um surto de pânico repentino empurrou-me de volta e tateei aflito procurando o mecanismo ativador da saída — ao encontrá-lo, e certo de que escaparia em qualquer emergência, voltei à calma, dei busca rápida. Aqui me instalei. Fui buscar o jipe, procurando não arrancar do caminho o mato crescido e deixar o mínimo de vestígios. Só ao colocá-lo na garagem é que voltei a recordar-me do meu surpreendente achado.

160

Quem construiu este abrigo deve realmente ter desejado um camarote de luxo para assistir ao macabro espetáculo final com todos os requintes de inteligência e conforto. Da Casa, apenas o último pavimento aflora à superfície. Os outros são subterrâneos, providos do máximo desejável e necessário para a subsistência de um grupo enorme. Fui descobrindo aos poucos as câmaras com alimentos, a adega (relicário!). As alcovas e banheiros requintados, as eficientes cozinhas e, bem profundo, dentro da rocha escavada, o pequeno e silencioso reator no interior do qual os átomos escravos se agitam fornecendo energia a toda a instalação, regularmente, fielmente, indiferentes à revolta final dos seus irmãos livres aqui fora...

157

— conhaque!

150

champanha (e barbitúricos...)

135

Comecei a explorar os arredores, cautelosamente, e isso me refez o apetite. Porém, uma descoberta casual quase me liquida com ele, de uma vez: a entrada, os caminhos que segui no mato estão todos minados! Alguém entretanto cortou a ligação elétrica no cabo principal com todas as minas e com as metralhadoras fotoelétricas que descobri de olho mortiço e mortífero vigiando as passagens. Encontrei caído perto o alicate usado — quem fez o serviço quis entregar de fato o local aos que viessem. Muito obrigado. Aliviado, consigo agora circundar com mais segurança e isso me leva a investigar sem receio a propriedade (!). Reencontro o canhão. Desta vez, dolorosamente, com uma cabeçada ao sair da garagem no escuro, onde estivera revisando o jipe.

133

Reboquei hoje o (...) para fora da garagem. Minha ideia, vagos resquícios humanitários, era atirá-lo para enferrujar no mato. Não pude fazer tal coisa. O sol brilhando no aço trabalhando, a estática eficiência, perfeição do desenho e nobreza de linhas. Fiquei a observá-lo muito tempo e minha vocação mecânica fatalmente me levou a tateá-lo, a estudá-lo em detalhe, a manejá-lo, abrindo-lhe a complexa culatra e girando o mecanismo de pontaria. Descobrira que numerosos caixotes cobertos existentes num compartimento além da garagem deviam conter-lhe a munição. De fato, em pesados volumes à prova de umidade, lá estavam as fálicas granadas de ferro fosco e auribrilhante latão, cromadas regulagens nas espoletas anexas — Estilhaçantes, Traçantes e Penetrantes, mortes variadas rotuladas com cuidadoso pormenor. A tentação foi grande. Já senhor do mecanismo, prepará-lo para disparar introduzindo-lhe com cuidado um explosivo supositório, por que não? Mas, se despertasse a atenção das possíveis últimas Matilhas para o meu refúgio seguro? Se a granada, com defeito, explodisse precoce? Inquietado fui à casa buscar o binóculo e perquiri o panorama, a vila deserta, a faixa branca da estrada de concreto em ruínas lá em baixo. Nada animal se movia, como eu esperava. Há muito tempo não observava nada além de pássaros voando muito alto, alguns insetos e uma espécie de lagartinhos que andam quase em pé, curiosamente (mutantes?), e habitam as rochas próximas à Casa. Exceção, pois dos vertebrados terrestres, só ossos esparsos — na mata, de coelhos, raposas — e nas cidades e caminhos — cães, cavalos, e daquela espécie que não quero citar...

118

Quando estava folheando algumas velhas revistas — arqueológica matéria sobre raças do passado (crianças, mulheres, flores, cães, obras orgulhosas) — súbito, senti em profundidade todo o horror cósmico de minha posição. Que pilhéria, a minha imunidade à praga! Por causa de meu trabalho em laboratório radiobiológico tinha sido um dos primeiros a estreá-la — e cura milagrosa, esperança universal, notícia de jornal — apenas para ganhar este camarote de luxo, sobre o *Granfinale con tutta l'orchestra* e um canhão (inútil peça, contra quem?) para brincar.

Pois bem, a brincar. Meia garrafa de conhaque para a minha e meia hora para desengraxar a (ALMA) do amigo e carregá-lo. Elevação, máximo alcance, quarenta e cinco graus. Travar as rodas, embasar, muito importante. Que venha quem ouvir! Cá o esperamos, eu, Fifi e meu canhão, e os lagartinhos estranhamente eretos, que agora se aproximam da figura desgrenhada segurando o cabo do disparo. É a eles que me dirijo.

— A vocês, prováveis canalhas substitutos do longínquo futuro, dedico esta primeira salva! Olhem e aprendam!

O cabo se estica lentamente, mecanismos bem oleados giram, avançam e recuam, a mola retesada se liberta enfim, o rígido percussor agride o metálico hímen — um ovo de aço se atira além ao espaço. O estampido foi singularmente diverso do que eu esperava, porém triunfal, ecoando pelo vale. Não consegui ver o impacto muito distante, pois não tinha ousado regular a espoleta de explosão sem saber. Outro, pontaria mais baixa. Na vila quieta desta vez.

— Acordem, idiotas! Não? Pois farei seus ossos voarem, vou acelerar-lhes a volta ao pó, ao pó radioativo com que vocês tanto gostavam de se empoar, cretinos!

Não acerto, e abro no sopé da montanha uma clareira — perdão, velhas árvores amigas, tanto mais belas quanto mais antigas. E que cantigas cantava minha mãe, e a sua, e a sua, seus filhos... Um cunhete, e outro, e outro — paro cansado e os olhos redondos dos lagartinhos me observam. Bons serventes de peça — não se assustam com o estrondo; serão surdos como já ouvi dizer?

88

Neste surpreendente abrigo, nada falta, mesmo. A um toque de botão seleciono gravações musicais da enorme coleção oculta, ou projeto no teto ou paredes filmes de todas as épocas. Não gosto destes, no entanto. Ao contrário das músicas, todos parecem ter perdido o conteúdo (ou nunca o tiveram), e às vezes assistindo a um dos clássicos de renome tenho a impressão de que foram feitos em outro planeta, ou que eu de lá vim, e não percebo o sentido das mais elementares cenas, gestos e diálogos fantasmagóricos. E angústia, sempre. Não há nada a fazer: limpeza automática da poeira, pouca devido ao ar condicionado e purificado.

Nos livros não quero tocar. Refeições fáceis e esplêndidas, com os restos atirados a invisível incinerador. Só o diário ofício de artilheiro me distrai. Descobri o manual de instruções do canhão:

estava na sala principal, sobre o piano de cauda e nunca o toquei por pensar que fosse um livro sagrado (pela séria encadernação negra). Atirei-o ao chão, porém, por acaso, e abriu-se numa folha dobrada, com "desenhos anatômicos", belíssimos, das entranhas do meu canhão, e completas instruções, gráficos de tiro, e manutenção, etc. Estudando-os, pude até instalar os sistemas de disparo automático pelos carregadores e mecanismos que já tinha desencaixotado mas não sabia utilizar. O livro chama-se "Manual de Instruções do Superautomático 60 mm de Campo" e contém até um histórico da artilharia universal desde a origem, como introdução — Muito Cultural. Termina afirmando que apesar dos progressos em foguetes, o canhão nunca desaparecerá. Promoção da fábrica, com certeza, mas predição que parece realizada...

81

Notável coincidência, hoje. Ouvi o que presumo ser a voz do antigo proprietário. Acabara de tocar uma gravação completa de um programa ao vivo orquestral, com ruídos de intervalo, comentários, risos e frases soltas, tinidos de copos no bar do teatro, etc. Fez-se um pequeno silêncio depois dos aplausos finais e eu, que ouvia tudo de olhos fechados, reconstituindo mundos já tão distantes, dei um salto na poltrona. Uma voz grave rotulou a gravação, dizendo para terminar: "Última execução de... pela orquestra sinfônica de... regida por... (pausa). Em... de... de... (pausa)." Um som que podia ser um profundo suspiro — ou um efeito sonoro casual da fita de gravação, apenas.

E hoje mesmo, casualmente, resolvi empreender uma busca adiada há muito: a das origens da água pura e abundante da Casa. Numa profunda caverna, além da câmara da pilha, uma fonte silenciosa. O cadáver ressequido identificou-se imediatamente. Semi-recostado na rocha, as grossas lentes de contato caídas no fundo das órbitas vazias acompanhavam refletidamente a luz que eu portava. Junto, uma bengala com transmissor-receptor embutidos, de onde provavelmente emanavam as ordens do Dono.

Restos de roupa não existiam. Velho, procurastes então morte de bicho, nu, no mais profundo da caverna! Não cuidarei dos teus ossos, fica no lugar que escolheste! (Tinha uma perna mais curta que a outra.)

62

Minha perícia de artilheiro aumenta a cada dia. Trabalhei muito construindo uma plataforma empedrada, abatendo árvores próximas, e agora disponho de um ângulo horizontal de tiro de duzentos e trinta graus e horizonte ilimitado. Manejo telêmetro e regulo espoletas com exatidão meticulosa e enquadro os alvos em dois disparos. Os cartuchos vazios vão formando um monumento, geometricamente empilhados, e já constituem lugar de peregrinação para os lagartinhos, cada vez mais numerosos e curiosos. (Mordem, os safados, como descobri, e lutam entre si — simulando miniatura das disputas dos grandes dinossauros. Têm toda a vocação para herdar...) Meus alvos prediletos estão na vila morta e o tiro bonito foi acertar logo de primeiro no templo dos... A granada explodiu precisamente no frontão da fachada com grande emblema de pomba com o átomo no bico e raios nas garras. Alguma peça de estrutura se rompeu e tudo desabou sobre os restos dos Últimos que na certa ali foram esperar o fim malcheiroso, entre cantos.

Gosto mais, porém, das minhas traçantes, fulgurantes esverdeados meteoros que lanço em precisas parábolas ao entardecer, ao amanhecer, ou durante as opressivas e intermináveis noites! Cruzando as constelações indiferentes e as órbitas piscantes dos satélites que ainda lá de cima vigiam qualquer remanescente espectral de vida. Vejo-os passar, sempre, tremeluzindo atentos. Pelo telêmetro vejo a Lua algumas vezes, inatingido degrau...

32

— E então, lancei-lhes eu uma parábola: naquele tempo, alguém andava sujo e nu com um copo na mão sob o sol e a chuva e produzia raios e trovões, de vez em quando.

"Lagartinhos do Terceiro Planeta, uni-vos!"

Fui buscar a Fifi e dei uma rajada no camaleônico bando que se junta sempre que eu saio para preparar o meu diário exercício de tiro. Justiça cega superior, aprendam a respeitar. Como recompensa, e como são surdos, convidei os sobreviventes para um espetáculo especial: a execução de uma famosa peça musical comemorativa de histórica batalha de uma nação já desaparecida, e que termina apoteoticamente como acompanhamento de sinos e canhões. Instalei fora de Casa um grande alto-falante e eu toquei o meu Instrumento, no exato compasso. Que decepção, entretanto! Meu canhão estava completamente fora de tom com a orquestra, sua voz é muito metálica — e ríspida. Aliás, o autor especificara canhões de bronze.

17

Hoje à tarde vi além do horizonte o grande clarão que já conheço tão bem, seguido da tumultuosa perturbação nas nuvens altas. Algum dormente assassino nuclear em órbita, despertado subitamente por combustão natural (infravermelho) ou rádio (alguém?) computou mortal trajetória e baixou célere sobre o imenso jazigo, sobre a Cidade Cratera, superfluamente. Desperdício.

10

Chuva. Conhaque. Canhão. Música.

5

Na profunda alcova em que repouso existe um sistema de TV que projeta na parede fronteira ao leito as imagens que uma objetiva oculta recolhe, fazendo o giro vigilante das cercanias. A impressão é de que a própria câmara gira lentamente. À noite as imagens convertidas em infravermelho desvendam a escuridão, e o meu canhão aquecido pelo último exercício aparece sempre ectoplásmico a cada volta até que o sono profundo me aniquila.

2

Hoje. Depois da ducha examino nos grandes espelhos do banheiro o meu (corpo? veículo?) e percebo as insidiosas placas brancas tão familiares, sob a epiderme. Fim da imunidade, fim do *habeas corpus*. A Inevitável, entretanto, surge como acompanhada de várias ideias caricatas e a minha reação é rir feito um idiota. Não me entendo — será alívio, ou a minha velha determinação de lográ-la, escarnecê-la?

1

Tudo pronto, hesitei durante horas apenas quanto ao vestuário. Casaca. (Com uma perna das calças do Velho mais curta — ridículo!) Traje esporte, pouco sério para a ocasião. Afinal, optei pela nudez completa com chapéu coco. Resumo do tragicômico de uma História mal vivida e mal contada.

Canhão visa agora as imensas vidraças da Casa, e da minha poltrona enfronto o negro ciclópico olho do meu amigo. Sobre o dorso carrega ele uma dúzia de alongadas fúrias regulares para se soltarem de dois em dois segundos quando o mecanismo autocomandar, na hora exata do pôr do sol oficial. Traçantes e perfurantes, alternadas.

Fifi me observa sobre o piano, olho pequenino com ciúmes desta tarefa que sempre julgou lhe caber, e os dourados reflexos da garrafa ao meu lado aquecem os momentos de expectativa pela fulmígena tempestade.

Numerei estas memórias inúteis como quem conta para um disparo, e é com a alma leve que aponho agora:

Zero

ESPECIALMENTE, QUANDO SOPRA OUTUBRO
Rubens Teixeira Scavone

O primeiro livro de ficção científica de Scavone foi o romance O Homem que Viu o Disco-Voador, *de 1958. Mais tarde ele se integrou ao movimento editorial gerado por Gumercindo Rocha Dorea e que deu visibilidade, pela primeira vez, à FC nacional. Contista, romancista e ensaísta de relevo, Scavone foi colaborador frequente do "Suplemento Cultura" de* O Estado de S. Paulo, *e autor premiado com o Prêmio Jabuti 1973 com o romance* Clube de Campo. *Em 1988 foi eleito para Academia Paulista de Letras, e posteriormente o seu presidente por dois termos consecutivos. Um de seus últimos trabalhos foi a excelente novela* O 31.º Peregrino *(1993), combinação empolgante e erudita de FC, horror e homenagem literária ao escritor inglês Geoffrey Chaucer.*

Mário Donato, no discurso de recepção a Scavone na Academia, menciona "Especialmente, Quando Sopra Outubro", conto primeiro publicado na coletânea Passagem para Júpiter, *de 1971, demonstrando que a obra de ficção científica de Scavone teve papel na sua eleição, fato raro nas letras nacionais e honraria que apenas soma ao seu* status *de figura de proa na FC brasileira no século XX.*

Neste trabalho, as diversas possibilidades temáticas em torno dos fenômenos provocados pela menina Ângela mantém uma tensão típica dos melhores contos fantásticos, mas Scavone reserva surpresas para o final, num texto lírico que revela a influência de Ray Bradbury, autor que fez a cabeça dos brasileiros que escreveram na década de 1960. A celebração do ato de imaginar se insere perfeitamente no conto de Scavone, que, na tradição da melhor ficção científica, nunca deixou de transmitir um senso de maravilhamento diante do universo e da vida. Scavone faleceu em 17 de agosto de 2007.

> *O ato de imaginar é mágico. É uma encarnação destinada a fazer aparecer o objeto pensado, a coisa desejada, para podermos nos apossar deles.*
> — Jean-Paul Sartre

Os próprios pais não sabiam quando os sintomas iniciais apareceram. E o nome sempre fora, desde o começo, "perturbação". Nem o primeiro médico, amigo da família, pela mão de quem Ângela viera ao mundo, nem os especialistas posteriormente chamados, jamais falaram em moléstia ou qualquer outro termo científico. Apenas e tão-somente "perturbação", como se o eufemismo pudesse confortar os pais e proteger a menina da contundência de uma designação mais explícita.

Cinco ou seis anos após o nascimento de Ângela, o velho médico revolveu as fichas do seu arquivo, teve de contentar-se, nada achando de especial, apenas com as recordações. Como as lembranças eram comuns, não havia outra saída senão aceitar a completa naturalidade do parto de que nascera um bebê rosado e chorão como os outros, recebendo palmadas nas costas e irrompendo para a vida num alarido festivo que reboara pelos corredores como nota álacre ansiosamente esperada.

Mas, ordenando-se os fatos e as recentes etapas da existência de Ângela, certo acontecimento havia que poderia ser fixado como o início das "atribulações". Só os especialistas anotaram essa ocorrência, tênue fio capaz de deslindar a meada. Fora num mês de outubro, no dia em que a menina completara cinco anos. E o que se anotara nas fichas? A festa, os amigos, os parentes, a casa de campo cheia de visitas, o bolo, as luzes, as cores, o vestido rendado da aniversariante e, por fim, a sua inesperada crise de choro, fechada no quarto, estirada na cama. Convulsão violenta, reação histérica, recusa em crescer, atitude anormal e injustificada que provocara a assistência médica e a primeira poção de sedativo que transportara Ângela ao profundo sono. A mãe, ainda viva, impressionara-se com a transformação da filha, e contava, desfeita em pranto:

— Lembro-me muito bem. Foi em outubro, numa tarde fria e ventosa, no dia do aniversário dela. Não foi o seu choro que me impressionou, mas o seu olhar de ódio. Em lágrimas largada no leito, não queria que eu me aproximasse sequer. Tinha a expressão distante, longínqua, e quando fixava os olhos em nós era como se fôssemos desconhecidos.

Com o decorrer dos dias e dos meses, porém, o episódio do aniversário foi sendo esquecido e ninguém lhe deu mais importância.

Na verdade, talvez apenas se tratasse de um capricho de infante que defende seu universo da invasão de estranhos, uma crise de solipsismo num sombrio crepúsculo de outubro. Com certeza apenas isso, nada mais.

Já pelos seis ou sete anos as coisas foram se complicando. Introspectiva, como fechada numa redoma, Ângela convivia consigo mesma. Mal tolerava os familiares e os domésticos. Em relação aos outros parentes e estranhos manifestava incontrolável repulsa.

Quando morrera a mãe, ao tempo em que a menina completara oito anos, ela já organizara definitivamente o seu universo. Ilha remota no âmago do casarão cujos prolongamentos geográficos alcançavam a estrada e a alameda de cedros, não raro se espraiando pelas colinas das quais se divisava a cidade ao longe e a chaminé sempre coroada de fumo que assinalava a atividade da fábrica do pai.

Havia a governanta. A velha alemã, de compostura solene e andar rígido, impassível na aparência mas dedicada, aquela que lhe sugerira os primeiros devaneios com histórias de elfos e de fadas, de gênios e duendes que habitavam o lago escuro, que se escondiam pelas ravinas e que pelas madrugadas quentes saíam aos bandos em busca de vaga-lumes. Cenários estimulantes, eram nada e tudo ao mesmo tempo. Solidões geladas onde lobos uivavam ou feudos tranquilos onde princesas sonhavam com seus eleitos; nuvens rosadas que sustentavam castelos ou desertos onde ondulavam miragens. Os domínios da menina eram imensos, magicamente povoados. O que menos importava eram as bonecas, os coelhos de pelúcia, os cachorros ou gatos de feltro, ou o elefante enorme, cinzento, de sela encarnada, que respondia com um ronco todas as vezes que Ângela lhe puxava a argola implantada no dorso. Tais brinquedos não passavam de simulacros banais, réplicas fraudulentas de certa realidade desinteressante. Por isso ela os desprezava. Dispunha de algo superior que tornava inúteis as fábricas de brinquedos, a fortuna do pai ou mesmo as sugestões da governanta. E esse algo era — a imaginação.

Não precisava fechar os olhos, mas apenas recorrer ao tenaz impulso da sua vontade: e lá surgia o seu mundo. Quando as coisas começavam a delinear-se, a concentração aumentava, tornava-se imperioso continuar. Os olhinhos da menina se contraíam, fixavam-se com angústia no ponto visado: a clareira banhada por uma réstia de luz, o espaço vazio no lago em meio aos nenúfares, o caminho da encosta ladeado pelos abetos. Então as aparições iam se configurando. Primeiro, os contornos do urso, apenas o perfil; uma linha indecisa que não chegava a interromper a paisagem. Concentrando-se mais, o monstro aos poucos ia ganhando forma. O dorso acentuava-se, nascia a possante cabeça, delineava-se a boca hiante,[*] brotavam os dentes pontiagudos. Ângela sentia-se tomada por um calor intenso e estimulante que fazia brotarem miúdas pérolas de suor em sua testa delicada, nas palmas de suas mãos franzinas. Ria, ria alto, pois estava bem longe da governanta e podia divertir-se à vontade, esforçando-se para completar a figura daquele amigo ameaçador. Da goela escancarada do urso extravasava a saliva, as patas se elevaram, as garras exibiam-se ferozes, as pupilas destilavam sangue. Num esforço supremo a menina fazia com que a fera soltasse um urro bárbaro que, acentuando ainda mais o peso do animal, produzia estalos na vegeta-

---

[*] Escancarada, faminta.

ção debaixo de suas patas. No momento em que o monstro se aprestava para o golpe, ela cortava o fluxo da imaginação. A fera se diluía no espaço, deixando o solo intacto e a paisagem perfeita. Nem mesmo ela sabia como chegara àquilo. Talvez a princípio só imaginasse flores. Acompanhada ou solitária, sempre lhe aprazia colher pelos campos tudo o que de belo encontrasse. Um dia, violetas. Sonhara com violetas, saíra a procurá-las. Jamais poderia encontrá-las naquela estação. Parara então junto ao lago, rente ao tufo de hortênsias, e se fixara no canteiro. Eis que nasceram violetas. Colheu-as, armou-as num pequeno buquê, arrumou-as no vaso e mostrou-as a todos. Mas como, violetas nesta quadra do ano? O jardineiro surpreendeu-se. Em que alfombra as achara? Ajustando os óculos o ancião abaixou-se junto às hortênsias sem nada encontrar. Depois, as rosas amarelas, as peônias azuis, os cíclames dourados. Ângela em breve descobriu que podia aperfeiçoar os seus poderes. Era muito interessante esse novo brinquedo, mas sob a condição de que permanecesse absolutamente secreto. Até então ela criara coisas de que gostava e que conhecia, o que equivalia a dizer — coisas que existiam, pois é razoável admitir-se que só existe o que se conhece. Ursos, gatos, cães, violetas e ciclames, às vezes mesmo abusando do privilégio de que dispunha e se proporcionando o capricho de divertir-se ante um coelho encarnado ou um leão azul. Mas a partir de certa época descobriu que também podia criar coisas que jamais vira e que, portanto, não existiam.

Como experiência, o que produziu em primeiro lugar?

Saiu de casa às escondidas, procurou o recanto mais remoto do parque, onde nem mesmo o jardineiro costumava penetrar. Fixou todo o seu pensamento na rocha, começou a polarizar a própria vontade. Como sempre, os olhos se contraíram, o suor começou a escorrer, fortes vincos marcaram-lhe a face, tornou-se rubra. Os contornos imprecisos foram aos poucos eclipsando o rochedo. Concentrando-se ao máximo, Ângela se tornava agora lívida. Pronto. Ali estava o anão. Necessariamente grotesco, primeiro a giba, depois as mãos longas, aduncas, a cabeça enorme, todo vestido de prateado, com um barrete verde que lhe emprestava certa histrionice medieval. Nisso, Ângela ouviu a voz do jardineiro chamando-a em altos brados. Apavorou-se, descontrolando-se. Sentiu o perigo que corria. O anão não era a violeta ou a rosa amarela. Era uma coisa que não existia, que atendera ao apelo de sua força interior. Tinha que proteger o filho de sua mente. Não desligou a imaginação aos poucos, mas abruptamente; e o resultado imprevisto foi impressionante: uma cabeça restou a gemer lastimavelmente, um pé se pôs a estertorar como um réptil, dois dedos gesticulavam no corpo morto como se pertencessem a um enforcado. O velho jardineiro pálido ao seu lado, depois a governanta, teriam visto o anão? A cabeça solta no espaço, os pés lagarteando na lama, os dedos bailando no ar?

Não, ambos não viram nada. O que viram, com estupor, foi o esgar que deformava a expressão da menina, o olhar repulsivo de quem teve um momento de gozo interrompido.

Depois, meses, estações, primaveras e invernos, outubros ventantes. O brinquedo e as experiências se aperfeiçoando sempre. Coisas estranhas nasciam agora da imaginação de Ângela adolescente. Criaturas débeis, delgadas, de olhos de um verde profundo; flores complicadíssimas cujos perfumes despertavam sensações inebriantes; anões e mais anões, sempre com as mesmas vestes prateadas e o mesmo ar atoleimado. E, às vezes, seres que nem mesmo imaginara: olhos imensos, destituídos de cílios e de pálpebras, que apenas lhe estendiam os braços e lhe sorriam, e cujos umbigos se assemelhavam a incríveis corolas.

Mas se dos bichos obtinha urros e ganidos; se com as flores conseguia perfumes, com as criações antropomórficas nada mais conseguia além das imagens. Apenas a presença, os gestos vagos e harmônicos, as expressões acentuadas de prazer, de surpresa, a adesão irrestrita aos seus convites ou insinuações, a absurda concordância aos seus mais ligeiros pensamentos. E era então um diálogo de silêncios, uma cabra-cega de surdos-mudos, um esconde-esconde inusitado onde risos e vocativos cediam lugar ao crispar de músculos, ao distender de lábios, ao cerrar de olhos, adesão completa mas silenciosa ao seu comando.

Ora, conforme receava, um dia o brinquedo terminou. Por certo, espionagem do jardineiro, delação da governanta; talvez um momento de descuido e fora pilhada pela fresta da porta, de uma janela entreaberta, uma falha da vegetação.

Ângela se lembrava. Primeiro um estranho, dias depois outro. Mais tarde, dois. Depois ainda outros e outros. E não só em sua casa, na cidade, na outra cidade, na cidade maior ainda. Dois, três, perguntas e respostas. "Como? Não sei, não entendi, o quê?" "Minha filha, responda, eles não vão fazer-lhe mal algum, querem apenas ajudá-la. Vamos, acalme-se, responda."

Muitos olhos, muitas mãos, janelas sobre parques sombrios, cheios de pessoas que caminhavam de cá para lá, como num jogo sem sentido. Sentadas, em pé, em cadeiras que rodavam, deitadas em camas que se moviam. O branco, tudo branco, o cheiro desagradável de paredes recém-pintadas.

Por algum tempo tudo ficou longe. Mas Ângela sabia que não estava só, que alguma coisa havia dentro dela que lhe era superior, impedindo-lhe os delírios da imaginação. E mesmo quando pensava em seus amigos eles agora não apareciam, conquanto lhes sentisse a presença. Magicamente, num processo oposto tudo se inverteu. Se antes imaginava e via, nada entretanto ouvia. Agora, fiscalizada no palácio álgido, dava-se o contrário: imaginava mas não via, escutava e sentia. Não precisava das palavras do pai, das insinuações lentas e hesitantes dos estranhos. Falava sem dificuldade alguma. E, respondendo, via o assombro que se imprimia nos rostos que a cercavam. Tais respostas seriam suas? Tudo se tornava mais fácil, libertando-a de qualquer sensação de pavor. Sabia. Sabia firmemente: seus amigos agora falavam por seus lábios. Por que não? E era divertido observar o espanto que aquilo despertava em quantos pretendiam dialogar com ela.

Foi por essa época que um fato derradeiro se juntou às suas experiências.

Certa madrugada, encontrava-se sozinha, semi-adormecida no leito. A janela escancarada deixava entrar uma claridade tímida e o vento morno de outubro ondulava as cortinas que projetavam no quarto sombras fantásticas.

Fora um apelo? Um convite sussurrante? A brisa cálida da aurora? Um toque imperceptível de mão sobre seu seio nascente? Um comando descido do futuro ou uma súplica subida do passado?

Ângela levantou-se. O personagem estava debruçado no peitoril da janela. Os olhos do visitante faiscaram, salpicando as paredes de gotas de luz espectral. A criatura supraterrestre flutuava. Seus membros eram compridos e leves e não se lhe distinguia o rosto cujas feições eram vedadas por um elmo transparente.

Ângela acompanhou-o, fascinada. Sobre o parque adormecido viu os círculos brilhantes e concêntricos. Discos ordenados entre si como se fossem gemas de uma jóia rara. A neblina rosada, o rodopio estonteante, a ciranda endoidecida crestando as folhas verdes, vencendo a brisa de outubro, gerando uma pequena aurora dentro da aurora maior.

A derradeira estrela recolheu o seu brilho, a última e a mais próxima, como pupila que se fecha, como lampadário que se exaure, como farol que ante a fuga da treva desliga seu facho, certa de que a mensagem fora captada; esperando tranquila, agora, que a exilada socorrida viesse ter segura ao porto de origem, cessado o pesadelo de seu desterro.

EXERCÍCIOS DE SILÊNCIO
Finisia Fideli

Rubens Scavone foi um dos autores que cativaram Finisia Fideli para a ficção científica. A autora publicou "Exercícios de Silêncio" em 1983, na antologia Conto Paulista, *que trouxe os quinze vencedores de um concurso literário promovido pela Editora Escrita de Wladyr Nader, um membro do Primeiro Fandom e autor da coletânea de FC* Lições de Pânico *(1968). Já na década de 1990, depois de reproduzido no fanzine* Megalon, *"Exercícios de Silêncio" recebeu o Prêmio Tápirài, conferido pelo jornalista Marcello Simão Branco.*
Influenciada pela ficção científica da golden age *(1938 a 1948), especialmente por Clifford D. Simak, Arthur C. Clarke e Isaac Asimov, Fideli insere "Exercícios de Silêncio" no assim chamado "futuro de consenso" típico desse período — um universo povoado por humanos, com pequena presença de alienígenas e com as atividades humanas dotadas de uma qualidade "internacional" que sugere a união da humanidade em um único fim comum: a conquista do universo. É um dos poucos trabalhos brasileiros de qualidade realmente passados num outro mundo e com parte da ação ambientada no espaço. Mais do que isso, é exemplo claro do tipo de ficção científica* hard *que os americanos chamam de* problem story, *narrativa na qual o herói é colocado em perigo e, para livrar-se do problema, tem de encontrar uma solução científica ou tecnológica. O herói, nessas histórias, é o "homem do futuro de consenso" que a FC* golden age *produziu: racionalista e aventureiro capaz, temerário e sequioso de conhecimento, que raramente questiona suas próprias convicções. Mas Theo, o protagonista de "Exercícios de Silêncio", é um homem do futuro de consenso que, sem deixar de sê-lo, tem suas convicções positivistas confrontadas por uma sociedade que conscientemente abriu mão*

da utopia tecnológica. Para chegar à solução do problema, Theo primeiro deve absorver o conhecimento que os estranhos têm a oferecer, e incorporá-lo sem alterar sua própria natureza.

Fideli produziu contos para as revistas Isaac Asimov Magazine *e* Quark, *e para as antologias* O Atlântico Tem Duas Margens: Antologia da Novíssima Ficção Científica Portuguesa e Brasileira *(Caminho Editorial, 1993),* Dinossauria Tropicalia *(Edições GRD, 1994) e* Estranhos Contatos: Um Panorama da Ufologia em 15 Narrativas Extraordinárias *(Caioá Editora, 1998). Como ensaísta, escreveu para as revistas* Cult — Revista Brasileira de Cultura *e* Ciência Hoje.

Quando Theo percebeu a avaria da nave, uma parte de sua mente se rejubilou, por, enfim, ter acontecido alguma coisa diferente naquela viagem chatíssima, enquanto outra parte, mais emocional, rememorou em ordem crescente de intensidade obscena todos os palavrões que aprendera em língua universal e em alguns dialetos exóticos.

Quem observasse seu rosto dificilmente perceberia que alguma coisa grave estava acontecendo, à parte, talvez, o cenho franzido de forma acentuada e um brilho selvagem no olhar.

Consultou as cartas de navegação e descobriu, muito próxima, a estrela esverdeada de Tália, já na orla da galáxia. E ao seu lado, uma outra mais branca e pálida, um pequeno sol catalogado como um número de arquivo, e seu filho único, um planetinha miserável.

Mantendo Tália como ponto de referência a estibordo, usou toda a força de empuxo de que dispunha para alcançar o sol branco. Lançou uma mensagem em frequência subespacial de longo alcance, à espera de que um vaso-sonda captasse seu sinal de socorro e sua localização, consciente de que, nessas paragens, a ajuda poderia levar uma infinidade de tempo a chegar — se chegasse.

A atmosfera do pequeno mundo revelou-se inesperadamente mais densa do que seu tamanho faria supor. Enquanto a cobertura externa da nave aumentava de temperatura pelo atrito, ele ponderou que, se não ficasse cozido dentro da nave por usurpar energia de refrigeração a fim de poupar ao máximo seu estoque de reserva, aquilo seria uma garantia de sobrevivência em terra.

Foi como uma bola incandescente e ruidosa que invadiu a região dos picos montanhosos do planeta. Aliás, verificando melhor, afora o oceano do hemisfério sul e as calotas geladas dos polos, todo o resto do lugar era montanhoso, acrescentando ainda mais um problema ao piloto: onde pousar?

Reduziu a velocidade da queda e nivelou o nariz da nave, que respondeu com uma vibração sofrida que alcançou a ponta de seus dedos, crispados sobre os controles.

— Vamos lá, benzinho, não se vá desmanchar agora que o papai precisa tanto de você... — murmurou para si mesmo.

O rastreador indicava um perfil denteado, cada vez mais desanimador e pontiagudo à medida que se afastava dos polos em direção ao equador.

A orla marítima tampouco oferecia segurança para o pouso. O oceano simplesmente começava adiante de escarpas íngremes e altíssimas como se cortadas a machadadas raivosas, e as praias eram pequenas faixas de areia suja.

Próximo aos polos havia geleiras. Na zona equatorial uma floresta densa cobria as montanhas de rocha azulada e escura como granito, e a maioria delas mantinha seus picos eternamente gelados.

Sobrevoou a superfície do planeta em menor altitude. E então o sistema de rastreamento encontrou algumas construções artificiais, algo como uma pequena cidade ou o que valesse, na zona equatorial.

Theo ajustou os comandos para observar melhor. Num platô a meio caminho de um pico de mais de seis mil metros de altura, a floresta havia sido afastada, e uma vegetação baixa, em tons de verde-claro, amarelo, vermelho e branco, em ondas de cor e consistência variadas como uma colcha de retalhos, indicou que alguém cultivara o solo. As construções que o rastreador mostrava eram muito pequenas para serem vistas a olho nu, naquela altitude. Mas estavam lá. O planeta era habitado, sem sombra de dúvida, e por vida inteligente.

*

A nave de Theo era um triângulo branco recoberto de silício, a cabine de controle se situava num dos vértices, e os tubos de ejeção de nitrogênio plasmático para pouso e decolagem nos outros dois. Tinha o tamanho ideal para uma pequena tripulação de no máximo seis pessoas, mas como costumava servir apenas de transporte rápido para longas distâncias, Theo costumava ser o único.

Possuía dois conveses. O superior abrigava a ponte de comando, o computador central, os alojamentos e o sistema de sustentação de vida. No inferior ficavam os mantimentos, o compartimento de carga e um antiquado, porém eficiente, reator nuclear. Toda a nave era circundada por inúmeras escotilhas.

Theo congratulou-se pela possibilidade de pousar próximo ao vilarejo. Deixou a nave planando a uma altitude de cem metros do solo e acionou o sistema de jato-propulsão que a levou para baixo, vertical e silenciosamente até tocar uma região levemente aplainada pela erosão, em rocha bruta polida e razoavelmente lisa, capaz de suportar o peso da nave e permitir sua decolagem sem provocar um desmoronamento.

O local era ótimo, distante uns trezentos metros da zona povoada indicada pelo rastreador da nave. Permitia-lhe ampla visão da aldeia, tanto por instrumentos como à vista desarmada, e dava-lhe acesso por uma trilha em declive suave, possibilitando chegar e sair de lá rapidamente, caso encontrasse uma recepção pouco amigável por parte dos nativos.

Resolveu fazer um reconhecimento do local antes de examinar a avaria. Assim, após certificar-se de que a atmosfera era respirável e não continha nenhum microorganismo letal conhecido, travou os comandos da nave e saiu ao ar livre.

O impacto do ar frio e rarefeito em seus pulmões causou um desconforto passageiro. Respirou profundamente, constatando que era seco e banhado num odor ácido e verde, mesclado com alguma coisa levemente mofada, mas no conjunto gelado demais para revelar o que quer que fosse antes de anestesiar o sentido olfatório.

Não estava disposto a usar o incômodo traje espacial que regulava a temperatura do corpo e o ar inalado, pois ele dificultava um pouco os movimentos.

Preferiu suas roupas resistentes de exploração: um macacão preto de mangas compridas e gola alta, com suas divisas de capitão incrustadas à altura do pescoço. Um cinto largo guardava uma pequena e eficiente arma portátil e ele vestia uma jaqueta almofadada em plastímero vulcanizado de grande leveza e maleabilidade.

Abriu a escotilha de desembarque e pisou o solo, num só tempo fofo e pedregoso, coberto de vegetação. Deu uma boa olhada ao redor, não divisando nenhuma criatura nas proximidades ou qualquer tipo de animal selvagem. Não valia a pena arriscar-se, razão pela qual caminhou lentamente na direção da aldeia, com todos os sentidos alertas. A temperatura local era de doze graus Celsius, com o sol a pino. Àquela altitude, não era de se estranhar.

Chegando à aldeia, deteve-se diante de uma das construções. Constatou que era feita de pedras de vários tamanhos, empilhadas e unidas entre si com argamassa. Constituía-se num pavimento único, com uma porta alta e larga feita de madeira e coberta por uma manta de fibra grossa. Uma tosca chaminé encimava o telhado pontudo também de madeira, e não havia janelas. Ficou imaginando se teria divisões internas.

Todas as casas se pareciam e estavam dispostas, sem uma ordem precisa, em semicírculos que se espraiavam pelos aclives mais suaves da montanha, algumas encarapitadas sobre lajes tão estreitas que pareciam estar soltas no ar.

Além da aldeia, havia um campo laboriosamente cultivado com vegetais diversos, dispostos em degraus, e, mais adiante, um rio caudaloso corria para o vale num turbilhão barulhento e espumante.

Animais de pequeno porte pastavam em bandos. Tinham pelo comprido e macio, capaz de fornecer excelente lã. Theo viu pássaros de vários tamanhos e cores, alguns roedores, insetos zumbindo sobre flores de pétalas grossas e pálidas, e um grupo de humanoides.

"Tudo no lugar, como deveria ser", pensou Theo. "Cabeça, tronco e membros, mãos e pés. Rostos humanos com dois olhos, nariz e boca, e nada de orelhas pontudas, graças a Deus!"

Respirou aliviado. Eram pessoas comuns e aparentemente pacíficas. Mais um daqueles mistérios que se repetem pela galáxia, onde grupos isolados apresentavam evolução convergente ao ponto de se assemelharem nos detalhes mais banais.

"São gente como eu. Talvez possa até me comunicar com eles", ousou especular. E, obviamente satisfeito, penetrou na aldeia, ciente de que aquele seria um dia memorável para a história daquele povo primitivo, o primeiro contato com um ser extraplanetário, uma verdadeira sensação.

Só que ninguém apareceu sequer tê-lo visto e tampouco se incomodou com ele.

Caminhou por entre as casas, observando as pessoas nos seus afazeres diários, e, sem exceção, a única reação que provocou foram alguns olhares desinteressados e sorrisos que o saudavam à sua passagem.

Um grupo de crianças pequenas chegou a correr até ele, em meio a gargalhadas, mas apenas se limitou a tocar suas roupas e sair em disparada.

Ninguém deteve seu trabalho ou veio falar-lhe. Pelo que lhes dizia respeito, Theo era apenas mais um deles.

A princípio isso o perturbou. Mas, aos poucos, passou a sentir-se quase feliz em não estar passando como um intruso e perturbando a pacata comunidade. Só que a falta de curiosidade deles era difícil de explicar, e Theo não era exatamente um especialista no contato com raças estranhas, o que estava fora de suas especificações como piloto de rotas tradicionais.

Enfim, não teria nada que o atrapalhasse nos reparos da nave, e poderia ir embora dali como se nunca lá tivesse estado.

Ainda deteve-se um pouco, observando os hábitos dos aldeões. Eles dependiam essencialmente da lavoura, que era exercida de maneira primitiva e totalmente manual. Não se divisava maquinário de espécie alguma, exceto alguns artefatos de pedra e madeira: uma roda de moinho, teares e objetos de cerâmica. Não havia energia de nenhum tipo, e a iluminação era fornecida por lamparinas mantidas a gordura animal.

Percorreu toda a aldeia, chegou próximo do rio e ficou observando seu leito, cujas águas tumultuadas corriam desde o pico, através do degelo, para o vale que se estendia muitos quilômetros abaixo. Ficou fascinado ao constatar que a travessia do rio, sobre águas turbulentas e geladas, era feita por uma ponte suspensa, feita de junco e palha trançada, com uns setenta metros de extensão e dez metros de altura. Não bastasse a correnteza violenta se desenrolando abaixo, a ponte ainda oscilava como um pêndulo traiçoeiro, e muitas vezes seus usuários faziam a caminhada portando feixes de lenha às costas.

Não se deu conta de que um homem jovem, mais alto e mais magro que a média, havia se colocado ao seu lado, também a observar o rio. Theo o viu e estremeceu, surpreso. O homem olhou para ele e sorriu.

— Oh, olá! — Theo o cumprimentou, com um sorriso amarelo no rosto. — Meu nome é Theo e sou o capitão da *Estrela de Magalhães*, aquela nave pousada ali. — Apontou para ela. — Sou oriundo da Terra, terceiro planeta do Sol, uma estrela desta galáxia, a uns treze mil anos-luz daqui.

Calou-se, sabendo que não havia sido compreendido. O homem permaneceu em silêncio, à escuta. Um pouco hesitante, Theo prosseguiu:

— Venho em paz. Tive certas dificuldades com a nave, mas pretendo repará-la o mais rápido possível e partir daqui sem causar-lhe transtorno algum.

Já falara demais. Suspirou, impaciente, e olhou para o outro lado. O homem, até então imóvel, sorriu mais ainda e respondeu:

— O irmãozinho é bem-vindo.

Theo o encarou com olhos esbugalhados.

— Você fala a língua universal?

— Falo a língua dos ancestrais. Você vem do mundo dos ancestrais.

— A Terra? Seu povo é originário da Terra?

— Sim.

Theo custou a crer, pois tinha certeza absoluta que colônia alguma havia se estabelecido para além de uma zona circunscrita à área central da Via Láctea e o braço externo da galáxia onde se encontrava a Terra.

Voltou a inquirir o homem, mas este já se afastava.

— Eu sou o Mona. E o irmãozinho pode demorar o quanto quiser — ele afirmou, enquanto voltava para a aldeia.

Theo, após um instante de estupor, seguiu-o, e embora tentasse desesperadamente inquirir o estranho homem que viera ao seu encontro, não pôde encontrá-lo. À primeira vista, todos eles se pareciam tanto entre si que ficava difícil distingui-los sem um exame acurado. E eram todos pequenos, de compleição delicada porém rija, pele azeitonada, cabelos escuros e lisos, olhos oblíquos e uma elasticidade de gestos que, ligada à ligeira diminuição da gravidade do planeta em relação a um-G padrão, davam-lhe a impressão de deslizavam, ao invés de simplesmente andarem.

Eram pacíficos e amigáveis, embora sua presença tão absurda e espetacular numa cultura primitiva não despertasse maior interesse. Muito incomum.

Theo já encontrara algumas culturas alienígenas que haviam reagido à presença de um estranho como ele das mais disparatadas maneiras, desde o pânico, passando pelo ódio mortal até a adoração, como se ele fosse algum deus.

Exercícios de Silêncio

Este povo o via como um homem comum. Séculos de cultura tecnológica e miscigenação racial os separavam do resto da humanidade que já povoava muitos mundos distantes, mas eles não se davam conta disso.

Assim, o piloto, no alto de seu metro e oitenta de altura, com cabelo e barba castanho-avermelhados e olhos cinzentos, destacados no rosto moreno crestado pela luz de muitas estrelas estranhas e que pensava já ter visto de tudo, deu-se conta, um pouco desconcertado, de que no que se referia à essência humana, ele não passava de um pobre aprendiz.

*

O restante do dia foi ocupado na tentativa de localizar o defeito na nave. Por ser veículo de pequeno porte destinado a transportes rotineiros de carga, não possuía um banco de dados muito completo no conjunto do computador, que se limitava a resolver problemas de rotina em rotas preestabelecidas e substituir os técnicos que estivessem faltando para completar a tripulação. Era um modelo já ultrapassado, que em breve estaria aposentado da frota mais moderna, e o piloto ficou se amaldiçoando por isso já não ter ocorrido.

De qualquer modo, Theo descobriu que o defeito vinha de uma das câmaras de fusão termonuclear, o que desequilibrava seu sistema de empuxo e impedia que a nave se lançasse num salto pelo hiperespaço onde essa força não era necessária e apenas a cinética dirigida ao ponto de chegada bastava para literalmente materializar a nave lá.

Sem empuxo suficiente, ele ficava duplamente amarrado: não podia saltar numa descontinuidade tempo-espacial e nem podia levar a *Estrela de Magalhães* em morosa velocidade de cruzeiro até uma base próxima, pois consumiria anos e gastaria toda a energia dos sistemas de sustentação de vida e todo o combustível químico usado apenas para pouso e decolagem, antes que atingisse seu objetivo.

Ao final de esforços infrutíferos e tendo como recompensa uma colossal dor de cabeça, Theo tomou sua primeira refeição naquele dia, em resina pluriprotéica, e jogou-se em seu leito no alojamento principal.

Fatigado e com os nervos em frangalhos, dormir revelou-se impossível. Ainda deitado, acionou uma das escotilhas bem acima de seu alojamento e olhou para o céu enquanto a cobertura externa se deslocava suavemente, abrindo uma janela.

A visão que teve foi tão impressionante que o atingiu com um impacto: neste mundo sem lua, dotado de atmosfera suabilíssima, sem nenhuma espécie de luz artificial que ofuscasse o céu, as estrelas apareciam tão próximas, brilhantes e nítidas, destacadas contra um fundo de trevas absoluta, que ele quase conseguia tocá-las.

E ele se sentiu tomado de angústia, pois deu-se conta de que seu lugar era junto às constelações, sóis e mundos distantes, mas estava preso, amarrado e ancorado a um mundinho perdido, com poucas possibilidades de sair de lá.

*

Havia alguma coisa nele que nunca o deixava esmorecer. Um tipo de força que existe nas pessoas aventureiras, uma crença de intocabilidade, um sexto sentido especial, algo que lhes diz que nada pode detê-las.

Essa crença o levara a muitas jornadas difíceis, o fizera enfrentar desafios e perigos, sempre confiante de que não seria detido jamais, que estava protegido contra tudo, até mesmo da morte, sobre a qual ele jamais se questionava.

Movido por essa certeza, Theo deixou-se ficar no planeta, convencido de que de um jeito ou de outro, encontraria uma saída.

Passava muitos momentos na nave, conferindo dados no computador. Quando se cansava, saía e passeava pela aldeia, observando seus impassíveis anfitriões. Era um grupo estagnado no tempo, e parecia que já há muito. Theo desconfiou que o atraso cultural deles fosse devido à uma natural falta de curiosidade, fato comprovado pela maneira como o haviam recebido.

Contudo, eram tão alegres e joviais, tão inocentes e felizes em suas vidinhas tranquilas, que ele quase chegou a pensar se não estariam certos.

Mas era um homem prático, fruto de séculos de conquistas e avanços, obcecado pelo saber e pelo desvendar do desconhecido, exatamente o oposto dessa gente.

Sem mais nada de útil a fazer, resolveu conhecê-los melhor. Passou a observá-los de perto, aceitou tomar chá com um grupo de velhos, permitiu que as crianças se aproximassem dele e brincassem com suas roupas e artefatos estranhos e se encantassem com as divisas brilhantes incrustadas no uniforme.

Uma semana havia se passado quando o Mona veio a ter novamente com ele e começou a levantar o véu de um segredo que ele não tinha ousado supor que pudesse ocultar-se nos costumes do povo.

— É tempo de aquietamento — pronunciou o homem, sem uma introdução ou um cumprimento — e o irmãozinho é bem-vindo ao exercício.

— Desculpe-me, mas não sei do que você está falando — respondeu Theo.

— Hoje, ao anoitecer, será iniciado o primeiro dos exercícios de silêncio — o Mona explicou, no seu jeito calmo —, e o irmãozinho será bem-vindo à nossa companhia.

Theo ia replicar outra vez, mas foi detido.

— Explicações serão fornecidas no momento adequado. O exercício é ao pôr do sol, diante de minha casa.

— Não sei onde fica.

— No lugar mais afastado da aldeia, além do campo cultivado.

— Estarei lá — afirmou Theo, aceitando o convite mais por cortesia do que por realmente achar que valesse a pena.

*

Cumpriu a promessa, apresentando-se diante da casa mais afastada da aldeia no momento do crepúsculo. Descobriu que muitas pessoas da comunidade se dirigiam para o local e muitos já lá se encontravam, sentando-se muito sérios e compenetrados na postura de lótus.

Verificou também que não havia crianças pequenas, só adolescentes. Aparentemente, tratava-se de alguma solenidade ou talvez uma comemoração especial.

Aguardou que Mona aparecesse, surpreso com a atitude reservada e introspectiva de todos, geralmente pessoas alegres e comunicativas. Integrado ao espírito da coisa, manteve-se também quieto, como se se encontrasse no interior de um templo. E então compreendeu que iria presenciar um ritual.

Com o pequeno sol se pondo, desceu sobre a montanha uma sombra violeta-escura, com tons alaranjados e alguns raios vermelhos lutando para resistir às trevas densas que em breve dominariam os céus. A noite impressionava pela completa escuridão e pela possibilidade de se divisar no firmamento um rendilhado faiscante composto de tantas estrelas que ficava difícil isolar as constelações conhecidas, mesmo para os olhos habituados de um piloto de carreira.

Debaixo desse céu uma pessoa era obrigada a sentir-se humilde, Theo ponderava, já um pouco impaciente. Qualquer um sentir-se-ia ridiculamente pequeno e solitário diante de tal imensidão.

A completa desolação e o primitivismo daquela gente completava a impressão de abandono que se apossava dele. E, contudo, eles falavam a língua universal (acrescida de alguns regionalismos bastante interessantes) e eram originários da Terra, como o próprio Mona admitira. O que teria acontecido para que retrocedessem tanto? Por que teriam se isolado num lugar perdido nos confins da galáxia, sem contato com seus semelhantes? E, afinal,

Exercícios de Silêncio

por que se mostravam tão reticentes em esclarecer todas essas dúvidas que Theo já se fartara de repetir sem resposta?

Muitas lamparinas estavam sendo acesas, imitando em terra o bordado precioso e fugidio do céu. Theo interrompeu seus devaneios quando o Mona apareceu à soleira da porta de sua casa. Com voz pausada pediu silêncio absoluto e avisou que o exercício ia começar, ressaltando que havia um estranho compartilhando o momento com eles, como se isso fosse necessário salientar.

— Em breve haverá colheita e depois o inverno nos obrigará ao recolhimento do corpo no seio de nossos lares. É chegada a hora, portanto, de aprendermos o recolhimento de nossa mente no cerne de nosso espírito. Para tanto, o caminho é um só: aquietamento. Meus irmãos, façamos silêncio. Os olhos fechados, o corpo em total abandono. O silêncio é difícil — ele prosseguiu —, mas é capaz de nos revelar verdades impossíveis de serem ouvidas pelos sons que o ouvido pode captar ou ditas por palavras que a boca é capaz de enunciar.

"Fácil!", pensou Theo. "Se esse é o tal exercício, nada mais simples para um viajante solitário como eu, sem ninguém com quem conversar durante dias seguidos."

— O aquietamento perfeito envolve um controle total do corpo, de modo que ele também silencie e somente seus sons vitais, que nos passam sempre desapercebidos, possam, então, ser ouvidos — completou o Mona. — Assim, irmãos, sentem-se e aquietem-se.

Theo sentou-se da maneira mais confortável que conseguiu, as longas pernas um pouco atrapalhadas ao se cruzarem na posição de lótus. Deu-se conta no mesmo instante que o chão era duro demais, frio demais e irregular demais. Que as costas precisavam de apoio e que se sentia ridículo.

A voz monótona do Mona pedia silêncio e concentração, orientando-os a respirar fundo, sorvendo o ar a plenos pulmões. Theo imitou os outros, e o ar frio provocou-lhe um acesso de tosse, recebido com olhares de reprimenda piedosa, como se costuma fazer com as crianças que praticam uma travessura inocente.

Fechou os olhos e tentou desesperadamente se controlar. A tensão a que ficou submetido retesou-lhe a musculatura do pescoço, causando dor. Ao seu redor, os outros quedavam-se imóveis, como estátuas. Theo abriu um só olho e espiou seu vizinho. O distanciamento mental dele era quase palpável.

Decidiu que este era um desafio que precisava vencer a qualquer custo para provar a esses ignorantes primitivos o que um homem civilizado é capaz de fazer. Mas como se concentrar quando tudo concorria ao contrário?

Havia aquele som, para começar. Sabia tratar-se de um inseto insignificante, mas no silêncio da noite ele produzia um ruído de lixa roçando e raspando que se tornava insuportável, ampliado e multiplicado por mil ecos de resposta.

Além disso, um mamífero idiota que gostava de se lamentar, olhando para o vale abaixo do penhasco. Um bichinho esquelético coberto de pelo ralo, com uns quarenta centímetros de altura, sentado sobre as patas traseiras e que emitia uivo triste e agudo, como um coiote morrendo de inanição em algum deserto longínquo da Terra.

E havia o vento, é claro, gelando-o até os ossos, vagando através da floresta, movimentando galhos e folhas, descrevendo círculos ao redor dos picos, balançando panos e roupas, sussurrando lúgubre através de portas e chaminés.

E, para aumentar seu desconforto, um aperto na garganta, como se uma farpa lá estivesse atravessada, mas Theo não ousava tossir novamente, temendo até respirar, com medo de desencadear outro reflexo que poria tudo a perder. E o tempo a passar, pingando lentamente em gotas viscosas uma após a outra, molemente, até se confundir com o suor que lhe empapava a fronte apesar do frio, correndo pelo seu rosto e pelo pescoço numa torturante trilha grudenta.

Séculos pareciam ter se passado quando o exercício terminou. Assim, sem mais nem menos, uma perna se esticando, o menear de uma cabeça aqui, uma respiração mais profunda ali, olhos brilhantes o fitando, alguns sorrisos, o ar de estúpida beatificação.
E ele completamente esgotado!
Doíam-lhe as costas, as pernas estavam adormecidas. Estava irritado e de mau humor. Mona aproximou-se dele, que tentava reavivar as pernas, esfregando-as furiosamente com as mãos.
— O irmãozinho não alcançou o silêncio — afirmou, sem expressão.
— Não alcancei, irmãozão — respondeu, com ar cínico.
— É pena — retrucou o outro, já se afastando.
— Ei, espere aí! — gritou, tentando ficar em pé, um milhão de formigas invisíveis correndo pelas suas pernas semi-adormecidas. Alcançou o Mona alguns metros além, claudicando. — É só isso?
O homem o encarou, e ele ficou perguntando-se como os olhos de alguém podiam brilhar tanto.
— Muito ao contrário, irmãozinho — o Mona respondeu, quase condoído. — Não é nada disso.
E se afastou novamente, deixando para trás um homem que conseguia se sair bem melhor na rememoração de uma nova dúzia de impropérios que não ousou proferir em voz alta, mas com a nítida impressão de que havia sido ouvido pelo Mona.

*

No dia seguinte, Theo redobrou seus esforços na tentativa de consertar a nave. Constatou, a um passo do terror, que havia mesmo uma falha no sistema de vedação da segunda câmara auxiliar de fusão termonuclear.
— Diabo de sucata velha imprestável! — resmungou em voz alta. — Desejo de todo coração que você se transforme num monte de entulho reutilizável para fazer brinquedo de criança,

quando eu voltar à Terra! — completou, acrescentando a seguir, com uma leve ponta de remorso: — Mas antes disso, belezoca, você vai ter que me levar até lá...

Muitas vezes, em seus sonhos inconfessos, ele se via pilotando um daqueles moderníssimos cruzadores espaciais movidos a uma minúscula bateria iônica de compensação de antimatéria, tão limpa e silenciosa e tão rápida e eficiente que fazia a *Estrela de Magalhães* parecer uma carroça puxada à tração animal. Contudo, estava perfeitamente consciente de que o comando dessas naves estava reservado à nata dos pilotos, e na contagem geral de pontos sua qualificação estava só um pouquinho acima da média.

Vá lá, era corajoso, criativo e independente. E capaz, sem dúvida. Mas estava destinado a pilotar naves de carga ou, no máximo um pequeno transportador de turismo — isso se tivesse sorte e se comportasse direitinho.

Mas... o que fazer, se era um rebelde por natureza, incapaz de suportar um esquema militar rígido a fim de atingir o posto que almejava através da hierarquia imposta aos pilotos de vasos espaciais?

Assim, até que suas missões lhe serviam muito bem: a responsabilidade era pequena, havia muita flexibilidade de rotas a serem cobertas, não exigiam disponibilidade absoluta (o que lhe dava tempo para estabelecer alguns vínculos pessoais mais ou menos constantes), e sempre havia algo novo a ser descoberto.

A menos, é claro, se caísse num mundo semibárbaro, com uma câmara de fusão perdendo energia e nenhuma ideia de como sair da encrenca com os meios de que dispunha, e ninguém, a milhares de milhas de distância, em condições de socorrê-lo.

Enquanto se debatia na solução do problema, tomou precauções a fim de que o compartimento de carga não fosse contaminado. Teoricamente isso seria impossível: cada câmara de fusão nuclear tinha no mínimo três dispositivos de vedação, que as selavam completamente, só podendo ser removidos por um dispositivo acionado por um código comandado pelo computador, sob controle exclusivo do capitão da nave.

A primeira e mais interna dessas câmaras de blindagem apresentava uma rachadura mínima, mas fora o bastante para desequilibrar um mecanismo que tinha de funcionar com milimétrica precisão. Essa blindagem, em chumbo, era seguida de uma outra em liga de aço de alta densidade molecular e posteriormente uma camada externa de carbono cristalizado ou, em outras palavras, puro diamante artificial. No centro disso tudo ficava a pilha atômica propriamente dita: um cilindro de pouco mais de vinte centímetros de altura com uns três de diâmetro, pesando centenas de quilos.

Se a solução de continuidade estivesse numa das blindagens externas, haveria uma forma de repará-la através de um remendo plástico de grande resistência. Mas nada servia para fechar um buraco feito no chumbo — exceto o próprio metal — e disso ele não dispunha.

Era final de tarde, e ele mais uma vez adiou o problema, disposto a dar uma longa caminhada pela aldeia, a fim de relaxar a tensão. O vilarejo estava estranhamente deserto, e então ele se recordou: o exercício de silêncio estava marcado para aquela hora. Riu baixinho, pensando na inutilidade da coisa. Por mais que desejasse agradar ao Mona (afinal, isso era um nome ou um título?), não estava disposto a se submeter àquela peculiar forma de tortura uma segunda vez.

Assim, caminhou até o rio, observando, sempre fascinado, seu turbulento desenrolar. Com a claridade diminuindo, as águas, num movimento cristalino, adquiriam tons e sombras escuras e o rio pareceu-lhe mais violento e ameaçador.

O que mais o incomodava era a absurda ponte suspensa, quase uma forma velada de suicídio coletivo. Já que não podia fazer nada por si mesmo, faria algo por seus anfitriões. E a ponte seria sua prioridade máxima.

Não se deu conta de quanto tempo ficou obcecado fitando o rio. Era noite fechada quando despertou de sua hipnótica meditação, e isso se deu ao fato de que alguém se colocara ao seu lado — o Mona.

— Oh, olá — cumprimentou-o.
— O irmãozinho tem boa concentração — afirmou o Mona.
— Eu só estava olhando o rio — explicou Theo.
— O rio é como o tempo correndo sem cessar. Poucas vezes temos a oportunidade de nos darmos conta disso. O rio pode ajudá-lo a atingir o silêncio.
— Verdade? — espantou-se o piloto. — Eu não tinha essa intenção, quando cheguei aqui.
— Não mesmo? — sorriu o Mona, e Theo ficou sem resposta, uma dúvida incômoda martelando o cérebro.

Porém, não desejando levar adiante essa conversa de silêncio e escoar do tempo (o que já lhe estava dando nos nervos), Theo tocou no assunto da ponte:

— Mona — quase suplicou, apontando-a —, por que você não manda reforçar aquilo?
— Isso é feito quando é preciso — ele respondeu, imperturbável.
— Olha, se você quiser, eu posso construir uma ponte definitiva para vocês. Existe material para esse tipo de coisa em minha nave. Trata-se de um composto sintético de fibra elástica, leve e praticamente indestrutível. Só requereria a ajuda de alguns homens.
— Não — o Mona afirmou, enfaticamente.
— Por que não?
— Porque a melhor função da ponte é justamente ser efêmera.
— E se alguém cair de lá de cima e morrer afogado? — insistiu o piloto.
— Terá terminado seu ciclo de existência de uma maneira bastante eficaz.

Sorrindo levemente, o Mona principiou a se afastar, mas Theo o impediu, exasperado.

Exercícios de Silêncio

— Chega, Mona, eu não aguento mais! — exclamou, descontrolado. — Você pensa que é muito sabido, mas está completamente enganado — continuou, aos berros. — Olhe para a sua gente, olhe ao redor! Vocês são uns pobres coitados! Enquanto seus ancestrais na Terra alcançaram o ápice da glória nesta civilização, vocês vivem como bárbaros em choupanas, morrendo de frio, sem conforto, sujeitos a doenças e completamente alheios, como se isso fosse uma boa vida! Por Deus, Mona, você é tão inteligente! Pense um pouco, por que não dar ao seu povo aquilo a que ele tem direito?

Durante todo o exaltado discurso, o Mona mantivera-se quieto, sereno e atencioso. E só depois de alguns minutos, quando Theo se acalmou, ele disse, e em sua voz havia a mesma calma e serenidade de sempre:

— O irmãozinho tem atração pelo rio, e é fácil entender por quê. Ambos são poderosos, fortes, turbulentos e inquietos. Mas o irmãozinho não percebe que, como o rio, também é obrigado a limitar o seu trajeto: as margens seguram o rio firme em seu leito, e quando se revolta contra isso, só provoca destruição, inundando tudo à sua passagem.

Fez uma pausa, fitando-o nos olhos.

— O rio é belo, selvagemente belo, tal como você. Mas o rio não pode jamais deixar de ser o que é, o que você pode. Você será o que quiser ser, e o que se esforçar para ser. E não se esqueça: o trajeto do rio é sempre para baixo. Não vale a pena imitá-lo.

Desta vez, deu-lhe as costas e voltou decidido para a sua casa na aldeia. Sob a fraca luz das estrelas, não passava de uma sombra fantasmagórica ondulando ao vento, suas vestes desfraldadas como uma bandeira num mastro retilíneo, firme, e sempre em direção ao alto.

Na tarde seguinte, assim como nas posteriores, os aldeões tiveram a presença constante do piloto nos exercícios de silêncio.

A princípio ele tentou encontrar uma desculpa lógica para mudar de opinião e acompanhar os exercícios, mais para se convencer de que não bancava o imbecil, do que qualquer outra coisa.

Na impossibilidade de conseguir tal explicação, limitou-se a tentar aprender o aquietamento, tal como o Mona ensinava, sem que fosse preciso justificativa alguma a ninguém. As primeiras tentativas foram um fracasso completo. Ele terminava o exercício sempre fatigado. Mas, aos poucos, aprendeu a fixar sua atenção no estrondo turbulento do rio e constatou que isso facilitava muito as coisas, encobrindo outros sons irritantes que o desviavam de sua concentração.

Paulatinamente o barulho do vento veio juntar-se ao da corredeira, numa harmonia insuspeita. Tempos depois, os insetos e pássaros noturnos acrescentaram uma nova dimensão ao exercício, como instrumentos musicais se incorporando a uma orquestra fantástica, em que sua própria respiração e as batidas de seu coração faziam contraponto aos outros sons.

Seus ouvidos captavam sutilezas inesperadas: o suave roçar de um tecido rústico no corpo de uma bela mulher; uma folha caindo; um seixo rolando lentamente montanha abaixo até perder-se no precipício infinito.

Descobriu-se alheio ao passar do tempo, despreocupado quanto à posição do corpo, e quando tudo acabava, estava sereno e descansado.

Sua mente tornou-se mais lúcida. Encontrava respostas a indagações há muito formuladas. E, enfim, compreendeu por que o Mona e seu povo haviam preferido isolar-se num planeta perdido: já não havia lugar para eles na Terra. A tecnologia desenfreada havia sepultado para sempre aquele encantamento, a necessidade de incorporação à Natureza que eles perseguiam como objetivo maior.

Imaginou, fascinado, uma imensa nave cargueira transportando em segredo absoluto toda uma comunidade de peregrinos, deixando-os entregues à própria sorte num lugar onde ninguém jamais suspeitaria encontrá-los. E concluiu que, se estavam certos em tomar essa atitude, se desejavam o afastamento, o mesmo não se dava com ele, embora um mistério o houvesse guiado, através da mão do Destino, até lá.

Descobriu-se, então, interessado em aprender as coisas que eles tinham para ensinar. E confirmou sua impressão de que eles eram definitivamente mais sábios do que alguns pseudo-guardiães da Verdade que ele encontrara nas universidades e nos complexos científicos da Terra.

Já não estava tão ansioso para voltar. O desespero desaparecera, cedendo a uma imensa paz interior. E, então, encontrou a saída.

Já há alguns dias que Theo se reunia a um grupo de mulheres que trabalhavam argila com absoluta maestria, numa arte difícil de encontrar competição.

Acocoradas junto a montes de barro macio e maleável, dotado de muita plasticidade, elas moldavam peças e utensílios diversos: pratos, terrinas, vasos. Gostavam de colorir vivamente essas peças, quando saídas de fornos de barro que Theo julgou atingir uma temperatura bastante alta. Depois de prontas, as peças eram pintadas a mão com corantes e vernizes, em motivos alegres: flores, folhas, crianças, animais. Levavam outro cozimento, e o resultado final eram objetos brilhantemente coloridos.

Theo sabia que eram quebráveis e de duração limitada, mas ficou muito contente ao receber um deles de presente; um lindo vaso azul-escuro, com a representação de sua nave em branco brilhante.

Naquele entardecer, durante o exercício de silêncio, demorou um pouco a concentrar-se, pensando naquela arte antiga, e ao atingir o aquietamento, foi subitamente alcançado por um impacto que percorreu seu corpo num estremecimento que chegou a assustá-lo.

A princípio, ouviu apenas o som do rio, seu velho conhecido. O som foi aumentando de volume numa intensidade crescente e somou-se a todos os outros sons circunvizinhos completando uma sinfonia arrebatadora e pungente, numa escala tão alta e intensa que ele temeu explodir por dentro numa fulgurante bolha de luz, ele próprio transformado numa peça de cerâmica cozida de dentro para fora, adquirindo forma e textura, brilho e dureza, até que tudo terminou. De repente os sons desapareceram, ele abriu os olhos e descobriu que acabara de encontrar um tesouro há muito almejado, mas que não sabia se podia crer existir.

O exercício terminara e o Mona aproximou-se dele:

— O irmãozinho atingiu o silêncio — afirmou, e sua voz refletia enorme prazer.

— Meu velho, o que me aconteceu está mais longe de algo silencioso do que eu próprio estou de casa — ele balbuciou, um tanto embasbacado.

— É isso mesmo. Nada é mais repleto de sons que o silêncio total — explicou o Mona.

— Se eu não fiquei louco, acho que aprendi — retrucou o piloto.

E ambos se fitaram, luzes no céu e lamparinas acesas ao redor, luzes acesas dentro deles, olhos que brilhavam tanto!

*

Movido por confiança e paciência, Theo continuou trabalhando no problema da nave. Sem motivo aparente, viu crescer ainda mais o interesse pelo fabrico da cerâmica, já que uma lembrança insistia em persegui-lo. Referia-se ao emprego da porcelana para fins científicos.

A utilização desse material remontava há muitos séculos. Desde o início da história da humanidade, a cerâmica havia servido como manifestação artística, sofisticando-se com a evolução de cada cultura, e também aperfeiçoando-se como forma de se criar objetos de utilidade prática, como potes para guardar e transportar água, por exemplo.

A porcelana era algo muito mais refinado. E ela se relacionava diretamente com a energia nuclear, embora ele não se recordasse como.

Recorreu ao banco de dados do computador da nave. Sabendo-o bastante incompleto, não esperou grandes resultados em

Exercícios de Silêncio

sua pesquisa. Mas, após muita insistência e alimentando sua memória com todas as etapas do fabrico da cerâmica que ele aprendera com as aldeãs, acabou, através de um circuito cruzado, chegando à resposta que procurava.

Fitando o écran verde brilhante onde a informação requerida havia sido impressa, Theo quase chegou a gargalhar, imaginando como sua salvação podia depender de coisa tão simples.

A voz metálica e impessoal do computador repetia monotonamente a mensagem escrita, como que, para através de seus ouvidos, fazê-lo entender o que seus olhos se recusavam a acreditar: "A cerâmica ou terracota é um estágio primitivo da preparação da porcelana propriamente dita, estando a diferença na adição de compostos químicos a esta, além do cozimento em temperaturas mais altas. A cerâmica é cozida a 800 graus Celsius. A porcelana a uma temperatura que pode variar entre 1350 a 1500 graus, tendo como componentes uma pasta de argila, materiais purificadores e salicicatos compostos, estes últimos responsáveis pelo aspecto vítreo e translúcido. A dureza e a maleabilidade do material obtido também diferenciam a terracota da porcelana. Utilizando-se temperaturas muito elevadas, que podem ultrapassar os 3000 graus, obtêm-se os refratários, capazes de resistir ao calor extremo, agindo como isolantes térmicos. Originalmente, as câmaras de fusão nuclear utilizavam a porcelana refratária como isolante. Posteriormente, ela foi substituída por outros materiais..."

Exatamente o final da mensagem é que deixava Theo, a um só tempo, exultante e estarrecido. Finalmente, podia reparar a nave, desde que obtivesse um meio de criar um forno capaz de cozer um cilindro de porcelana refratária moldado por uma mulher de mãos calejadas que vivia num planeta perdido no meio do nada.

*

Esse problema foi resolvido da maneira mais simples: Theo utilizou um dos canos de escape de nitrogênio plasmático como forno de alta fusão e, após uma série de tentativas fracassadas, obteve um cilindro branco opalescente, com cerca de quatro centímetros de espessura e consistência duríssima, que se encaixava no local exato onde havia o cilindro de chumbo, substituindo-o com perfeição.

Realizou inúmeros testes e constatou que a capacidade refratária dessa porcelana tinha limites, mas conseguiria cumprir sua função até que Theo pudesse levar a nave para a base mais próxima, para além de Tália, onde se realizariam reparos definitivos.

Estava livre para voltar para casa. Só que não sabia se o desejava. Muito havia sido aprendido, e muito havia ainda a aprender. Percebeu-se dividido entre o desejo de permanecer entre o povo do lugar, longe das paixões, da competição e da esmagadora frieza tecnológica de sua civilização, e o sentimento de identificação que ainda o prendia à sua própria cultura e aos seus semelhantes, o ímpeto de aventura que o levara a prosseguir à procura, vagando no espaço até o fim de seus dias.

Pensou em procurar o Mona para desabafar com ele essas inquietações, mas convenceu-se de que a maior de todas as lições aprendidas, havia sido a de justamente tentar encontrar respostas dentro de si mesmo.

E assim, estava novamente a observar o rio, feito parte dele e de sua turbulência, de seu som e de seu silêncio.

Afinal, o que buscava?

Qual a fascinação que o espaço trazia, qual a necessidade de estar sempre em mundos distantes do seu?

Se a resposta está *dentro*, por que procurar *fora*? Por que não quedava-se, à espera, agora que encontrara um caminho que corria em sua direção, proporcionado pelo exercício de silêncio?

E de dentro dele, do rio que corria nele em direção ao infinito, encontrou a resposta: porque precisava crescer. Ainda, e sempre, precisava acumular experiências, observar e escolher, ousar e lançar-se rumo ao desconhecido até conseguir *conhecer-se*.

Havia aberto uma porta nessa direção, junto ao Mona e ao seu povo. Mas ela conduzia a um caminho que somente ele poderia trilhar e ninguém mais. E que talvez, um dia, muito próximo ou longínquo, o deixaria pronto para regressar.

E ficar.

Ao despedir-se do Mona, no alvorecer do dia de sua partida, nada comentou. Não era preciso, estava certo de que ele compreendia.

Prometeu, contudo, não revelar a existência da pequena colônia naquele mundo que continuaria perdido, catalogado como um número de arquivo.

*

Partiu deixando para trás as montanhas e as geleiras, as florestas enormes e os rios caudalosos. Deixou sem tristeza um povo de pele escura e imensos olhos oblíquos, que havia optado por uma vida diferente.

Mas levou dentro dele inúmeros sons: o do fragoroso desenrolar do rio, do vento nas árvores, dos risos das crianças. Do bater das asas dos pássaros e de todos os insetos zunindo.

Levou o calor de um aperto de mão e de fornos cozendo cerâmica. Foram com ele sinfonias variadas, zelosamente escondidas no seu silêncio.

E no seu segredo muito, muito especial.

— Ao Dalai Lama e ao povo tibetano.
Que seu desejo de liberdade não permaneça em silêncio.

A MORTE DO COMETA
JORGE LUIZ CALIFE

O futuro de consenso reaparece neste conto de Jorge Luiz Calife, que foi publicado com o título de "Viagem ao Interior do Halley" na revista Playboy *de dezembro de 1985, ano em que Calife surgiu como o mais novo nome da* FC *brasileira, depois que Arthur C. Clarke atribuiu a ele a inspiração para a sequência do seu clássico* 2001: Uma Odisseia no Espaço. *Calife é o autor mais de uma dúzia de contos publicados em revistas e antologias, além da trilogia "Padrões de Contato", composta dos romances* Padrões de Contato *(1985),* Horizonte de Eventos *(1986) e* Linha Terminal *(1991), este último um vencedor do Prêmio Nova de Ficção Científica. Sua primeira coletânea,* As Sereias do Espaço *(2001), trouxe uma maioria de histórias inéditas e recebeu o Prêmio Argos 2002 (do Clube de Leitores de Ficção Científica). O autor também vem se dedicando à divulgação científica, com os livros* Espaçonaves Tripuladas: Uma História da Conquista do Espaço *(2000; escrito com Cláudio Oliveira Egalon e Reginaldo Miranda Júnior), e* Como os Astronautas Vão ao Banheiro? e Outras Questões Perdidas no Espaço *(2003). Produziu para a Editora Record três livros infantis para a coleção Ciência Divertida.*

A prosa de Calife e sua abordagem da FC *lembra muito às de Clarke — com um texto que é ao mesmo tempo polido e objetivo, lírico e fiel às especulações da ciência. Também publicado na França (na revista semiprofissional* Antarès*), com o título de "Por l'amour d'une comete" ("Por Amor de um Cometa"), e na brasileira* Quark *em 2001, com o título originalmente pretendido pelo autor, este "A Morte do Cometa", pode ser visto como crítica à banalização de tudo o que é cósmico e por-*

tanto transcendente, ao projetar para o futuro e para o espaço as atitudes do nosso tempo.

Como as pessoas e os seres vivos, os cometas também passam por seus dias de glória e morrem. Talvez porque sejam tão belos, e como todas as coisas belas possuam aquela qualidade onírica das ilusões, que se esfuma como névoa ante uma luz mais forte.

No caso do Halley, a beleza durara muito tempo. Tempo suficiente para torná-lo parte da história do homem, embora, na maneira como as estrelas contam o tempo, ele também fosse breve como a beleza de uma mulher ou a consistência de uma gota de orvalho.

Sabíamos que ele ia morrer um dia, com sua substância drenada para embelezar o Sistema Solar, uma vez a cada setenta e seis anos. Mas, como cada geração que se sucede no fluxo do Tempo, gostaríamos de pensar que fosse eterno.

Fizemos o possível para salvá-lo desde aquela sondagem fatídica do ano de 2327, quando a humanidade vira pela primeira vez o núcleo em processo irreversível de fragmentação. Um testemunho desses esforços fora a Fundação para a Preservação do Halley, estabelecida em 2370.

Acho agora que o sacrifício de Sílvia e o meu sacrifício vão coroar esses esforços, embora a maneira como os acontecimentos se desenrolaram dificilmente pudesse ser prevista.

Sabíamos que não podíamos salvar o Halley. Não no sentido de manter para as gerações futuras o espetáculo que nossos ancestrais tinham presenciado, e que levara o famoso astrônomo do século dezesseis a descobrir a verdadeira natureza dessas aparições celestes.

Era essa a importância histórica do Halley que levara a Fundação a gastar milhões de créditos tentando salvar a velha montanha de gelo. Os esquemas mirabolantes tinham se sucedido nas pranchetas dos desenhistas, mas muito pouco de concreto pudera ser tentando.

Deter a desagregação do núcleo era eliminar a fonte dos gases que produziam a cauda do cometa em cada passagem pelo Sol, de modo que salvar o coração do Halley seria matar sua beleza. Pode-se salvar uma flor fazendo-a murchar ao mesmo tempo?

Ainda assim partimos para tentar. O Patrimônio Histórico da Terra e a Fundação Halley de Selene tinham nos mandado, Sílvia e eu, à bordo do veículo fotônico *Ariadne* em uma missão que se revelaria suicida. E por alguns momentos conquistamos a breve celebridade do videorama.

Órbita de Estacionamento

Houve um artista do passado, não me lembro bem do seu nome, acho que o seu pensamento sobreviveu à sua obra. Ele disse uma vez que um dia todos os homens poderiam ser famosos durante um minuto.

Eu e Sílvia começamos ficando famosos durante dezoito minutos e vinte e dois segundos, tempo em que entramos na rede para todo o Sistema Solar.

Estávamos no programa de maior audiência dos dezoito mundos habitados: *O Sistema Solar Hoje*, apresentado por Luciana Villares. Uma jovem mulher que, por acaso, era bela como um sonho e tinha um dos melhores textos da teleimprensa.

Com aquele rosto lindo, emoldurado pelos cabelos negros como o espaço lá fora, ela olhou para os milhões de telespectadores, como se cada um deles fosse aquele amigo de infância que chegara para visitá-la, e mandou sua voz suave e aveludada pelo universo afora, através das teias luminosas dos canais *laser*.

— O programa de hoje nos levará a milhões de quilômetros pelo espaço até o veleiro *laser Ariadne*, em missão de resgate do célebre Cometa de Halley. Hoje pela manhã eu gravei uma entrevista com o jovem casal de tripulantes à bordo da vela, em fase final de interceptação, dentro da cauda do cometa. Minhas palavras levaram dezessete minutos para alcançá-los e um tempo equivalente se passou antes que suas respostas pudessem ser gravadas aqui no estúdio. Esse intervalo, entretanto, foi eliminado pela edição.

Corte para Sílvia e eu, tentando parecer o mais fotogênicos possível em meio ao *design* interior do Emecont.

— Astronauta Henrique Freitas, pode explicar para nós, em poucas palavras, o perfil a missão Fênix?

— Pois não, Luciana. Partimos da órbita de Selene com impulso inicial fornecido pelo *laser* em Plutão. Entramos em órbita elíptica em torno do Sol, ajustada mediante deriva no vento solar para encontro com o núcleo do Halley. Essa fase foi terminada com sucesso e passamos agora aos objetivos da missão.

— O nome *Ariadne* tem algo a ver com a estrutura da nave?

Sílvia responde a essa pergunta:

— Talvez a associação com os fios e linhas que unem nossos quatro módulos, um no centro e três nos vértices de nossa vela triangular. *Ariadne* é uma estrutura tão frágil quanto uma teia de aranha e não poderia ser de outro modo. Somos movidos pela pressão de radiação da luz.

Corte para um diagrama simplificado do veleiro. Sílvia fala em *off*:

— Temos basicamente uma folha de tecido aluminizado com algumas moléculas de espessura, estendida entre os três módulos principais: o módulo de controle ou Emecont, o módulo científico ou Emecê e o módulo de engenharia, Emeg na nomenclatura de bordo. Nosso computador encarrega-se de velejar essa estrutura frágil como uma bolha de sabão, fazendo na vela ajustes moleculares que nos permitem mudanças de velocidade e órbita.

— Obrigada, Sílvia. Você será a pessoa encarregada de colocar as cargas nucleares para mudar a órbita do cometa, não?

— Exato. Quando tivermos uma órbita de estacionamento determinada, vamos parar *Ariadne* numa região menos turbulenta atrás do núcleo, e eu sairei com Henrique no módulo de excursão.

— Espera algum problema quanto aos gases na cabeleira do cometa?

— Não, de modo algum. A coma é muito tênue ainda. Nossa maior preocupação é manter uma aproximação lenta, para que a vela não seja danificada pelas partículas de poeira que formam uma tempestade flutuante perto do núcleo. Várias naves foram danificadas ao voar dentro de cometas, a começar pela *Giotto*, em 1986.

"Não esperamos levar mais do que algumas horas para posicionar as cargas perto da massa principal do núcleo. Essa massa já foi aglomerada e coagulada pela expedição anterior. Usamos ogivas de nêutrons que produzem o empurrão adequado. A detonação mudará a órbita do Halley para que seja capturado pelo campo gravitacional da Terra."

— O diagrama que estamos mostrando indica como o núcleo do Halley será levado para um dos pontos de Lagrange do sistema Terra-Lua. É aí que entra a terceira fase da operação.

— Certo, Luciana. Um escudo especial será posicionado entre o núcleo gelado e o Sol: uma sombrinha gigante que manterá o Halley num eterno eclipse. Com isso evitaremos sua destruição pelo calor do Sol.

Luciana volta a ocupar a tela.

— Como todos sabem, o destino do Halley motivou uma disputa política entre a Terra e as colônias externas. Principalmente Porto Eros, em Caronte, cujo governo afirma sua jurisdição sobre o cometa como parte integrante da nuvem de Oort. A divulgação de boatos sobre o interesse da Corporação Norland em usar o núcleo do Halley como matéria-prima para suas indústrias em Plutão gerou tantos protestos que a questão parece decidida, por hora, em favor da Terra. O que vocês pensam disso?

— Esta é uma questão política, que você resumiu muito bem, Luciana. Nós, do Corpo Espacial, gostamos de deixar a política para os políticos e ficar com a ação, onde quer que ela esteja.

Imagem do estúdio. Luciana Villares exibe novamente seu charme e beleza para todo o Sistema Solar, olhando-nos de forma levemente zombeteira.

— Acho que a grande pergunta, na cabeça de todos, é: como evitar que a detonação das cargas para mudar a órbita do cometa reduza o núcleo outra vez a um aglomerado de fragmentos dispersos?

A pergunta é para Sílvia.

— Estamos usando cargas direcionadas com uma liberação de energia calculada tendo em vista a forma e as falhas estruturais do núcleo. Não há margem para erros.

Será que Sílvia pensou nisso, no seu último segundo de vida? Acho que ela nem teve tempo.

A Terra das Fadas

Os antigos diziam que os cometas davam azar. E agora eu acho que eles, afinal, tinham razão. Para nós dois o Halley deu um azar mortífero.

Nos telescópios do mundo inteiro o Halley era como um jato de esperma luminoso, ejaculado por algum deus grego para fecundar o universo. Mas para nós, que estávamos dentro dele, a cauda e a cabeleira eram praticamente invisíveis. Apenas um halo nebuloso em torno das estrelas mais brilhantes indicava estarmos mergulhados num gás de baixíssima densidade. Deixamos o *Ariadne* flutuando na sombra do núcleo e partimos, eu e Sílvia, na pequena lancha de desembarque que tínhamos batizado de *Teseu*, porque sempre achava seu caminho de volta pelos fios de *Ariadne*.

Vista de longe, nossa imponente espaçonave parecia um triângulo de escuridão delineado pelas estrelas, esperando que o Sol surgisse para transformá-lo em espelho cintilante, navegando em seus ventos de prótons.

A Morte do Cometa

Sílvia reduziu nossa taxa de aproximação e o núcleo do Halley virou uma montanha escura, subindo ao nosso encontro. A gravidade era quase inexistente e os fragmentos soltos flutuavam ao nosso redor — uma nuvem de flocos de neve pretos e estilhas de gelo com tamanhos variados. Alguns batiam no módulo e ricocheteavam, rodopiando no espaço.

Tínhamos sete cargas explosivas para colocar em pontos predeterminados e marcados pelas sondas automáticas. Assim nos separamos, Sílvia e eu, de modo a terminar o trabalho no menor tempo possível.

Nossos trajes espaciais eram como uma segunda pele ajustada ao corpo, com capacetes anatômicos e uma musculatura biônica a cobrir nossos corpos naturais, amplificando nossas forças. Com isso, não nos cansávamos como os antigos astronautas. Mas lembro que olhei por alguns instantes para a silhueta feminina de Sílvia, girando como uma bailarina de G–zero, sob o impulso dos minijatos expelidos por botões em suas pernas e braços.

Coloquei a primeira carga e me encaminhei para o segundo ponto no lado voltado para o Sol. Foi lá que encontrei a "terra das fadas". Enquanto a cabeça do cometa girava e as camadas de gás congelado iam se sublimando para o espaço, surgiam formas estranhas, bizarras, mas não sei exatamente que fator de congelamento ou vaporização criara aquele canteiro de formas cristalinas, eriçadas como esculturas de coral, no fundo de uma depressão de gelo cianogênico.

Morte no Cometa

Só sei que era uma coisa tão linda e tão efêmera que eu perdi algum tempo admirando aquelas formas que logo desapareciam sob a luz do Sol. Acho que foi isso que salvou minha vida.

Eu disse "salvou"? Perdão, diário, não é verdade; apenas adiou minha morte.

Terminei de colocar meus artefatos nucleares e chamei Sílvia pelo comunicador. Ouvi ela praguejar e perguntei o que estava acontecendo. Ela me disse que tinha problemas com o detonador de sua última carga.

Os detonadores desses explosivos são peças de equipamento tão sofisticado que não se espera que alguém penetre em seus segredos, fora de um laboratório cibernético. Falei com ela que esperasse e me dirigi para sua posição. Acho que ouvi ela dizendo alguma coisa como "o código de acesso não confere" e pude vê-la agarrada à superfície de gelo lá embaixo, como uma espécie de mulher aranha.

Pedi que esperasse enquanto eu buscava um novo detonador e flutuei na direção do *Teseu*.

Acho que tinha atravessado uns 500 metros quando a vela do *Ariadne* se transformou num triângulo de luz cegante, e o universo ao meu redor sumiu numa bolha de luz colorida.

A estática de pulsação termonuclear EMP deu um estouro em meus fones de ouvido, deixando-me momentaneamente surdo. Meus olhos ardiam e eu sentia um calor muito forte em meu rosto.

Quando consegui enxergar de novo, estava flutuando sem controle, além do módulo de excursão. Procurei o núcleo do cometa e Sílvia, enquanto tentava recuperar o controle de altitude do traje.

Sílvia se fora, vaporizada pelo impacto da explosão. No lugar onde ela estivera havia uma região oval em que a superfície de gelo fora desintegrada, formando um vulcão de gases que se projetavam no espaço num longo penacho.

Na hora, achei que tinha tido sorte, sorte de não ter sido atingido por nenhum dos fragmentos de matéria sólida expelidos para o espaço. Então senti a primeira ponta de enjoo e compreendi que não tivera tanta sorte assim.

Quando consegui voltar ao *Ariadne*, descobri que meu traje estava muito chamuscado pela energia radiante da explosão que consumira Sílvia. Na distância em que eu estava, nem todo o iso-

A Morte do Cometa

lamento daquela pele plástica fora suficiente. Não sei a quantidade exata de raios gama e nêutrons rápidos que peguei, mas sei que peguei o suficiente. Posso senti-los em cada fibra do meu corpo.

Se eu estivesse na Terra ou em qualquer um dos hospitais orbitais, acho que ainda teria uma chance. Mas o socorro médico mais próximo está a uma semana de viagem, e eu não tenho tanto tempo assim.

Olho para a Terra e para o olho de rubi que nos impulsionou desde Selene. É lá, na cidade-anel circulando o globo, 36 mil quilômetros acima do Equador, que está o controle da missão. O dever sugere que eu posicione o favo cristalino do emissor *laser* e mande algum tipo de mensagem para eles. Mas acho que este diário gravado vai servir de bilhete de adeus para todo mundo.

Não vou esperar pelas cólicas e vômitos. Quando esta gravação estiver terminada, vou lá fora, faço minhas pazes com o universo e arranco o selo do traje.

Por favor, não me mandem flores. Se não conheci o amor em vida, não quero tê-lo na morte.

O computador de bordo já disparou todas as outras cargas, tentando corrigir a trajetória louca que aquela explosão acidental provocou. Mas foi inútil.

Os dados que chegam à central lógica indicam que o Halley não vai mais se fragmentar no calor do Sol. Mas também nunca mais vai brilhar nos céus da Terra, qual risco de aerógrafo sobre o firmamento.

Está numa trajetória de escape para as estrelas e, se for visto novamente, não será sob o brilho dourado do Sol.

Acho que há algum tipo de justiça poética em tudo isto. Não estávamos contentes em domesticar o velho cometa. Tínhamos que aprisioná-lo no portão de casa, colocar uma coleira em seu pescoço e tratá-lo como um cachorro de estimação.

Ah, velho Halley, você se rebelou contra tudo isso. Disse adeus ao mundo dos homens e partiu para um exílio eterno.

Epílogo

Luciana Villares em editorial para *Teletexto*:

— Um ano já se passou desde a trágica morte do casal de astronautas encarregados da missão de resgate do núcleo do Halley. Não obstante, parece que muita coisa ainda resta para ser revelada a respeito do controvertido Projeto Fênix. O destino final do Cometa de Halley não precisa aguardar, entretanto, o resultado de nenhum inquérito. Pode ser determinado a partir da simples leitura de uma carta formal de protesto enviada pela Comissão de Patrimônio Histórico da Terra à Corporação Norland, em Júpiter.

"A cabeça ou núcleo do Halley, revela essa carta, foi interceptada além da órbita de Netuno por uma usina processadora volante, e prontamente reduzida a seus elementos constituintes. Os processadores de matéria da Norland têm muita fome de carbono, hidrogênio e oxigênio, e o núcleo do Halley tinha um bilhão de toneladas desses elementos, principalmente na forma de água e neve carbônica.

"Assim, na próxima vez que vocês comprarem cosméticos, pintura corporal ou ração para cães e gatos da Corporação Norland, prestem seus respeitos ao velho Halley e aos dois seres humanos que morreram, inutilmente, tentando salvá-lo."

A MULHER MAIS BELA DO MUNDO
Roberto de Sousa Causo

Os contos do autor apareceram em revistas tão diversas quanto Playboy, Ciência Hoje, Isaac Asimov Magazine, Dragão Brasil, *e* Cult — Revista Brasileira de Literatura, *e em publicações da Argentina, Canadá, China, Finlândia, França, Grécia, Portugal, República Checa e Rússia. Seu primeiro livro foi publicado em Portugal em 1999, a coletânea* A Dança das Sombras *(Editorial Caminho), com o melhor de sua produção na década de 1990. Em 1991 foi um dos três classificados no Prêmio Jerônymo Monteiro, o primeiro concurso nacional de contos de ficção científica, com a noveleta "Patrulha para o Desconhecido". Em 2000 foi um dos vencedores do III Festival Universitário de Literatura (da revista* Livro Aberto *e da Xerox do Brasil) com a novela de FC* Terra Verde, *publicada naquele ano. Em 2001 venceu o 11.º Projeto Nascente (da Universidade de São Paulo e do Grupo Abril de Comunicações), com outra novela de FC, "O Par". Em 2003 a Editora da Universidade Federal de Minas Gerais publicou o seu livro de não-ficção,* Ficção Científica, Fantasia e Horror no Brasil: 1875 a 1950, *que recebeu o prêmio da Sociedade Brasileira de Arte Fantástica, uma agremiação de fãs. Seu primeiro romance,* A Corrida do Rinoceronte, *uma fantasia contemporânea, foi lançado pela Devir em 2006.*
"A Mulher Mais Bela do Mundo" tenta enxergar o tema do primeiro contato sob um prisma terceiro-mundista. Foi primeiro publicado na revista chinesa Science Fiction World, *em dezembro de 1997. No ano seguinte foi incluído na antologia* Fronteiras, *em Portugal. Mais tarde apareceria em publicações da Grécia e Rússia. No Brasil foi publicado em* Yawp *N.º 2, a revista dos alunos de graduação em inglês, da*

FFLCH/USP, em 2006. O autor americano David Brin achou-o "bem escrito e altamente tocante", com os "elementos de drama, ironia e surpresa realizados muito efetivamente, e o passo da narrativa é excelente". Em 2002 foi publicado na antologia francesa Utopiae 2002, editada por Bruno della Chiesa, em tradução do escritor canadense Jean-Louis Trudel, que escreveu sobre o conto: "Claramente, o [seu] protagonista comanda soma inesperada de poder, ao revelar o que os ricos, o que os cidadãos do Primeiro Mundo, não desejavam que seus visitantes alienígenas vissem. E o que ele sabe sobre o mundo é o que os anfitriões dos alienígenas não sabem sobre os seus visitantes das estrelas... Uma história de muitos níveis, rica em significados, e definitivamente bem sucedida como ficção científica e como narrativa."

Ela estava em pé próxima de um grupo de estátuas de forma humana e em tamanho natural, feitas de madeira negra, expostas na ala Michael Rockefeller do Metropolitan Museum. Eram feitas da mesma madeira empregada nas melhores flautas, usadas nas aldeias africanas para honrar os deuses através das mãos talentosas dos homens. A mulher era loura e dourada e seus olhos azuis observavam as estátuas com uma espécie de carícia do olhar. Usava um vestido negro, e um colar que poderia ser feito de diamantes, poderia ser feito de quartzo barato, ou mesmo de gotas de vida líquida congeladas em pedras brilhantes saídas de um sol morto.

Quando a vi entre as estátuas, pensei — "é isso o que eu quero". Queria essa imagem, essa mulher. Nesse momento não me importei com nada mais. Nem um pensamento para os meus conterrâneos brasileiros vivendo na pobreza, ou para os alienígenas que estavam recebendo toda a atenção de todo o mundo, nos últimos seis meses.

Caminhei silenciosamente até ela. Ela notou minha aproximação, e tentou imaginar o que estava se passando. Quem era ele? Fui pega fazendo algo errado? Afinal, as pessoas não podiam cruzar a linha branca e se aproximar das estátuas.

A Mulher Mais Bela do Mundo

— Você conhece alguma coisa de arte? — perguntei.
— Por quê? — Ela tinha um sorriso meio embaraçado no rosto.
— Pensei que você poderia me contar algo sobre essas obras africanas.
— Bem, eu... na verdade você deveria perguntar a alguém do museu. — Ela refletiu por um segundo, considerando se eu merecia uma resposta. — São esculturas entalhadas, feitas à mão. Têm o tipo de primitivismo que primeiro chamou a atenção de Picasso e de outros artistas de vanguarda do Modernismo Europeu... — E então ela percebeu meu olhar ardendo sobre ela. — Você não está interessado em arte, está?
— Claro que estou — eu disse, apanhando minha câmera. — Eu me importo com imagens que possa usar na *minha* arte. — Rapidamente preparei a câmera. — Não faça nada, só fique aí onde está.
— O que está fazendo? Se o que você quer é me cantar...
— Eu quero você. Quero cada partícula de brilho que você representa entre essas estátuas negras.
O tempo todo em que falávamos, eu batia fotos, a câmera zunindo desesperadamente.
— Não estou lhe tirando nada — eu disse. — E além disso, você deve isso a todos os que nunca terão um vislumbre de você.
Ela ficou lá em pé, medindo minhas palavras.
— Não estou lisonjeada.
— Mas estará, quando ver as fotos.
— Ah... entendo. Você vai mandá-las para mim, mas para isso precisa do meu número de telefone.
Terminei com as fotos e baixei a câmera. Houve um momento de silêncio, e então ela disse:
— Então você não vai me mandar as fotos.
— Você vai vê-las por aí — eu disse. Agradeci a ela, dei-lhe as costas e saí.
Queria ter mais do que a sua imagem. Queria o seu corpo,

seu calor... Sou humano. Queria cada partícula de tudo o que ela pudesse dar a um homem, mas sentia — *sabia* — que isso não duraria mais do que a luz capturada em minha câmera.

*

Minha exposição se chamava "A Mulher Mais Bela do Mundo e o Povo Bonito", e estava acontecendo numa galeria alternativa em Greene Street, Soho. Era um bom lugar, bem longe do Metropolitan Museum no Upper East Side.

Havia um bom público. Eu não esperava isso. De algum modo os alienígenas na cidade eram tão excitantes que as pessoas tinham simplesmente que fazer alguma coisa, se mexerem, viver suas vidas, pensarem em coisas que afirmassem a identidade e os valores humanos. Tais como a arte humana.

Certifiquei-me de que uma das suas fotografias fosse usada na publicidade, e por isso não me surpreendi quando ela apareceu.

Não usava maquiagem e intencionalmente veio vestindo roupas de rua, que contrastavam agudamente com os vestidos de noite e os ternos em torno. Eu era a única outra pessoa no lugar que também vestia roupas de rua. Eu nunca usava nada diferente. Assim que as pessoas viram as coincidências, elas entenderam que era essa a modelo, a *musa*.

Ela corou quando as pessoas começaram a interrogá-la. Afastou-se com pálidas desculpas, para se deter sozinha em um canto do salão, parecendo um pouco com uma menina perdida. Caminhei até ela, antes que ela mudasse de ideia e fosse embora. Era ainda espantosamente bela. Eu me senti tonto só de olhar para ela.

— Então você realmente o fez — ela disse.
— Como prometi.
— Agora me diga o que eu devo dizer ao meu namorado.
— Agora você me pegou.
— Sabia que você tinha algo mais em mente. — Ela sorria.

Esqueci de tudo, menos do sorriso. — Você ainda me deve uma resposta.
— Para o quê?
— O que eu digo ao meu namorado.
— Ah, não é essa a questão. Ele está por aqui?
— Não. Ele ainda não sabe sobre isto. Mas o que você quer dizer com "não é essa a questão"?
— Venha comigo — eu disse, segurando-a pelo cotovelo. Caminhamos até as fotos na parede.
— A verdadeira questão é por que eu fiz este trabalho. Olhe. O que você vê?
Apontei para as imagens. Imagens daquelas estátuas de madeira morta absorvendo luz como buracos negros retorcidos em estranhas formas humanas, e dessa radiante loura entre elas, como um sol feminino sobrevivente entre singularidades.
— Vejo eu mesma entre estátuas africanas — ela disse.
Eu ri.
— Você não tem senso de poesia.
— Sim, eu tenho. O que eu não tenho é nenhum senso de humor para isto, Mr. Ferreira.
— *Senhor* Ferreira, para você — eu disse, subitamente perdendo o meu senso de humor. — Você pensa que isto é uma piada? — Apontei para as imagens. — Não vê beleza alguma nelas? Se é verdade, lamento por você. Tenho que dizer que não me importo com sua opinião. Você é *assunto*. Se pensa que estou explorando sua imagem, então me processe. Você pode fazer algum dinheiro. E sobre o seu namorado — acrescentei —, se ele não consegue ver, olhando para estas fotos, uma beleza que *deve* ser divulgada, então não tenho resposta para ele.
Ela não disse nada. Eu podia sentir a lava quente queimando em seu peito, acumulando vapor perto de explodir, mas ela se segurou e puxou um fôlego fundo.
— É esse o seu trabalho, segundo ouvi. Transformar um material cotidiano em belas fotos. Admito que você é bom nisso. Essas

fotos são alguma coisa, realmente.

Seu olhar agora estava sobre os trabalhos. Eu não saberia dizer o que ela sentia.

— Você está errada — eu disse. — Desta vez eu simplesmente registrei uma beleza real, a sua beleza. Mas deixe-me mostrar-lhe algo mais.

Eu a conduzi até uma outra câmara — a segunda parte da exposição, subintitulada "O Povo Bonito". A sala enchia-se com os resultados de seis anos de minha vida como fotógrafo. Mil fotografias, todas elas em minúsculas reproduções aglomeradas para preencher cada superfície disponível das paredes.

— Meu Deus... — ela suspirou, apertando seus olhos azuis para ver as fotos do povo pobre do Brasil e de outros lugares da América Latina.

As fotos não estavam lá para retratar um proletariado orgulhoso ou um povo de camponeses, ou para glorificá-los de maneira alguma. Se havia alguma beleza neles, estava lá a despeito da câmera. Era deles, não minha.

— Material cotidiano — eu disse. — Pelo menos no meu país e na maior parte do planeta. — Minha voz se tornou amarga. — Pessoas dormindo nas ruas, comendo lixo, vivendo em malocas de papelão, defecando em seus próprios pisos, colocando seus filhos na prostituição, vendendo-os para ricos casais estéreis de países do Primeiro Mundo — ou para o mercado negro de órgãos infantis. Mas algumas vezes ajudando-se uns aos outros e se segurando, tentando sobreviver como famílias e como comunidades e criar seus filhos da melhor maneira que podem.

Ela ficou em silêncio por algum tempo. Caminhou por toda a sala, olhando as fotos, Não senti nenhuma pena pela dor que ela estava experimentando. Toda a minha pena ia para as pessoas nas fotos.

Enfim ela voltou seus olhos para mim e disse:

— Você usa isto para levantar dinheiro para eles. Soube disso pelo anúncio na *The New Yorker*. Você produz esse contraste... a beleza que diz existir nas fotos que tirou de mim, contra as que estão neste lugar.

— Certo. E funciona. As pessoas vêm aqui e ou elas saem correndo e passam mal, ou sacam de suas carteiras.

— Eu não poderia processá-lo.

Sorri palidamente para ela. Deixamos a sala e talvez pela primeira vez não houve qualquer tensão entre nós. Ela até mesmo se esqueceu de reparar nos olhares inquisitivos das pessoas presentes.

— O que isso significa? — ela perguntou. — Significa que eu sou parte de uma... alienação? Que sou só mais uma carinha bonita, enquanto o mundo passa fome?

— Não sei o que significa. Talvez apenas que eu estou um pouco cansado de toda essa feiúra, mesmo da dignidade que eu possa encontrar na feiúra, e agora estou ansioso pelo simples desejo sexual e estético que posso encontrar em sua imagem. O poder mítico da mulher mais bonita do mundo, que existe a despeito de todas aquelas outras coisas. Aquelas são umas estátuas bem *sexys*, se você deixou isso passar, em sua avaliação artística.

— Você só diz isso porque é negro também.

— Não sou negro, sou mulato, mas isso não faz diferença para vocês gringos.

— Me pergunto como tudo isso soaria na sua língua — ela disse.

— *Você é tão bonita que os meus olhos doem só de olhar pra você* — eu disse em português. — *E o que vejo é mais, muito mais do que uma moça bonita e alienada. Eu te quero. Tudo o que você tiver pra dar, pelo tempo que for possível.*

— Isso soa bem. Agora traduza.

— Não.

— Ora, vamos. — Ela deu um risinho. — Bem, conheço o suficiente de espanhol para entender uma boa parte — a segunda parte. Eu sabia o tempo todo o que você tinha em mente. As mulheres sempre sabem.

Estávamos lá em pé, trocando olhares, quando eles chegaram.

*

O alienígena era ainda mais alto que os seus guarda-costas. Havia alguma coisa sob aquele ternos pretos. Eles certamente usavam a última-geração de blindagem corporal, além de algumas armas de raios. Havia um terceiro e um quarto membros da *entourage*, um homem e uma mulher do "Corpo de Turismo Extraterrestre da ONU", escudados por óculos de sol e por um ar oficioso.

A ONU fornecia os guias turísticos para esses caras do espaço exterior. Mas é claro, nada de visitas ao Harlem, ou às favelas do Rio ou de Calcutá; apenas passeios seguros a museus, a sessões da ONU, ou a encontros congressionais bem-ensaiados nos países ricos. De aeroporto a aeroporto.

E ninguém sabia o que os alienígenas queriam de nós.

A opinião pública estava inquieta. Manifestações eclodiam em muitos lugares, com manifestantes exigindo seu direito de saber o que se passava. A explicação da ONU de que os alienígenas eram "embaixadores culturais" não estava colando.

Não obstante, o embaixador cultural em minha exposição estava realmente mirando com atenção minhas fotos, como um crítico vindo de outro sistema estelar.

A mulher abraçara meu braço esquerdo, quando o alienígena e sua *entourage* entraram.

— Alienígenas também lêem a *The New Yorker* — eu disse, e ela relaxou a pouco, sorrindo.

Ele era alto e magro como um jogador de basquete. Sua cabeça tinha uma forma cônica de inseto, com quatro olhos esbugalhados sem pupilas. Tinha quatro pernas, as traseiras mais curtas, e elas faziam o E.T. parecer alguma coisa girafídea, dando passos pesados conforme o seu comprido tronco avançava mal-equilibrado sobre as pernas curtas. Coberto com um tecido branco, seu corpo era o de um quadrúpede ereto e inteligente. Suas quatro mãos ficavam permanentemente unidas em uma saudação quase budista.

A Mulher Mais Bela do Mundo

Um dos membros do *staff* da galeria, Lucas Figueroa, um emigrante brasileiro já de segunda geração, aproximou-se dos oficiais da ONU e foi rapidamente dispensado com um único gesto. Sem conversa perto do alienígena.

— A primeira vez que vejo um deles ao vivo — a mulher me contou.

— Eu também.

O alienígena e os outros foram até a sala do "Povo Bonito". Todo mundo no salão principal deixou de respirar. Algumas pessoas que estavam na sala menor saíram rapidamente.

— Eu me pergunto o que ele verá com aqueles quatro olhos. O que acha? Curiosa?

Eu podia sentir que ela estava profundamente curiosa.

— Um bocado. A gente poderia entrar e dar uma olhada — sua voz tremia, mas ela foi corajosa.

— Não — eu disse, lembrando do modo como eles lidaram com Figueroa.

— Com medo? — ela provocou.

— Mais dos *guarda-roupas* do que do monstro do espaço exterior.

— Você não devia chamá-lo assim. O que foi essa palavra em português que você usou?

— Esses agentes secretos são grandes como guarda-roupas. Eles podem ficar inquietos, se chegarmos perto demais do embaixador cultural.

Para dizer a verdade, eu temia que nossa presença atrapalhasse a apreciação do alienígena sobre as minhas fotos. Algumas coisas são melhor encaradas sozinho. O tempo corria e o alienígena ainda estava na sala. Subitamente eu compreendi; ele realmente estava tendo um passeio diferente lá dentro. Sem máscaras lá dentro, sem feiúra maquiada.

— Deixe estar. Ele está tendo o seu momento — acrescentei.

Levou uma *hora*. Quando eles saíram, o alienígena parecia tão impenetrável quanto antes, mas o pessoal da ONU estava definitivamente inquieto, o que podia ser visto em seus gestos, um toque nos óculos escuros, uma gravata ou saia sendo ajustada. Linguagem corporal dizendo que estavam encrencados. Saíram como tinham entrado — sem uma palavra.

— A festa acabou — eu disse — e o alienígena roubou o show.

De fato, meia hora mais tarde o lugar estava vazio exceto pelo pessoal da galeria, a mulher, e eu. Voltei-me para ela.

— Obrigado por vir — disse, sentindo-me desapontado. Ela iria embora agora, sumindo da minha vida para sempre.

— Você vai ficar para fechar a galeria?

— Não. Meu amigo Figueroa vai fazer isso.

— Bem. Vamos sair então. Quero que você chame um táxi para nós.

Para *nós*!

*

Ela era tudo o que eu esperava e muito mais. Forte e esguia e apaixonada. Ela tinha uma estaticidade em cada movimento que falava de mistérios femininos, de ondas oceânicas e poços escuros de fluída feminilidade, como naquele poema de João Cabral de Mello Neto:

só uma água vertical
pode, de alguma maneira
ser a imagem do que és

Só uma água vertical pode de algum modo ser a imagem do que você é. Só uma água vertical, água imóvel em si mesma, água vertical de um poço, água em profundidade.

A mulher era uma onda imóvel, feita de trêmulo movimento, de poder suave, era isso. Isso era ela.

Era uma paixão, um símbolo. Talvez eu, também, fora apanhado na síndrome alienígena. Eu também queria experimentar tudo o que era humano, tudo o que era animal e passional. Os embaixadores alienígenas faziam isso conosco. Sua mera presença tornava a humanidade desejosa de tudo o que significava ser humano.

Não escondi estes pensamentos dela. Ela sabia que era meu abrigo pessoal contra a alteridade absoluta que me ameaçava. Não poderia dizer que ela sentia de modo diferente. Ela era tímida, quando falava de si mesma. Tinha rompido com seu antigo namorado, porque ele era ciumento demais. Era um colega de escritório, e ela estava saindo com ele quase que por cortesia. Nosso caso era de outra sorte. Mais do que o amor de um homem por uma mulher e de uma mulher por um homem. Era o amor de dois seres humanos — de sua humanidade mais profunda projetada contra a do outro.

Mas tudo terminou quando eles vieram — outra vez.

*

O mesmo alienígena, até onde eu podia dizer, e a mesma escolha de guarda-roupas do serviço secreto e de oficiais da ONU. Mas desta vez ele trouxe consigo um estranho objeto de um material cheio de dobras, montado em planos como as roupas, seguro em suas quatro mãos de seis dedos.

Estávamos no apartamento dela naquele instante, no meio de uma sessão de fotos de nus, ela reclinada contra uma cama de flores muito azuis, combinando com seus olhos. Seu apartamento nos dava uma vista noturna dos arranha-céus de Nova York e dos dirigíveis federais e policiais pairando lentamente sob as nuvens pesadas, como baleias entre montanhas subaquáticas cobertas com algas bioluminescentes. Eles nunca deixariam o alienígena viajar sozinho.

Ela correu para vestir-se com um robe curto, e eu permaneci de peito nu, quando eles entraram.

Não perdi tempo perguntando-lhes como nos tinham encontrado; afinal, eram *agentes secretos*. Também não perguntei o que queriam. O alienígena veio até nós, elevando-se como uma escultura decorativa da virada do século. Ele então ligou o dispositivo.

Era um holoprojetor. Ele fez imagens dançarem pelo ar como flocos de neve em cinemascope, e eu instantaneamente soube pela reação de sua *entourage* que eles nunca tinham visto essa apresentação antes.

Mostrava imagens do planeta do embaixador, imagens de um mundo superpopuloso, com seus habitantes empilhados em favelas-arranha-céus, prédios lutando ombro a ombro para se pendurarem contra encostas de montanhas. Seu "povo" andando em andrajos, atirando o lixo morro abaixo, enchendo as margens dos rios com ele, morrendo aos milhares em enchentes e chuvas torrenciais, os corpos sendo queimados nus depois de despidos de seus molambos. Quando não chovia, dois sóis faziam os tetos plásticos de suas malocas, as cabanas que eram os seus lares, arderem em tons avermelhados. Imagens de crianças alienígenas, esqueléticas por causa da sua versão da diarreia, os adultos lavando suas fezes que choviam sobre as cabeças daqueles que viviam nos níveis inferiores.

Enquanto isso, uma outra população dos mesmos alienígenas girafídeos voavam de um lado para outro em casas volantes, palácios pressurizados flutuantes de materiais elaborados. Uma boa vida apreciando a atmosfera superior ainda limpa, distante do cheiro ruim lá embaixo.

O dispositivo calou-se.

O alienígena voltou suas costas para mim e, sem uma palavra ou som, saiu do apartamento, seguido por sua desorientada escolta.

Dois dias depois a CNN anunciou para o mundo inteiro que os "embaixadores culturais" alienígenas haviam deixado o planeta Terra.

Uma imagem vale mais que mil palavras.

*

— Nós não temos solução para os problemas deles, eles não têm solução para os nossos. É por essa razão que eu acho que eles desistiram. Não tinham razão para ficarem aqui mais tempo, além de aproveitar um pouco mais da hospitalidade da ONU.

— Você não sabe o que estava em jogo, Mr. Ferreira — replicou o homem do FBI à minha frente. Seu nome era Craven e ele comandava toda a investigação prévia das rotas turísticas dos alienígenas. — Novas possibilidades tecnológicas, avanços científicos...

— Velhas doenças sociais, estratificação social — eu o interrompi. — Imobilismo. Desespero. Relações de classe alienadas. Você não pode pôr tudo isso debaixo do tapete.

— É, mas estávamos indo bem, sabe. Estávamos indo muito bem, até que o embaixador decidiu ir à sua exposição. Um programa de arte, pelamordeDeus. Fotos de uma bonequinha bonita, quem poderia pensar?...

— Você não tem nada contra mim, amigo. Você deveria ter sabido. Eu disse no anúncio que estava levantando doações para os *pobres* do Brasil. *Você* ferrou tudo.

Craven ergueu o queixo e ficou lá em pé, num movimento irado cheio de *grandeur* burocrático.

— É, mas nós somos feios e maus e não temos piedade de pedintes *cucarachas* como você. Vamos fazer alguma coisa sobre o seu visa, e você nunca pisará aqui outra vez para esmolar dólares americanos. E nunca mais exibirá o seu material sujo com o apoio de qualquer governo do mundo, meu chapa.

— E mais uma coisa — acrescentou. — Faremos algo sobre a sua garota também. Ela nunca conseguirá permissão para deixar o país, entendeu?

— Vocês não gostam de nós, malditos *cucarachas*, fodendo por aí com as suas mulheres — eu disse, quase me levantando para socá-lo na cara, mas não o fiz.

Eu não disse nada. Alguma coisa no rosto de Craven me dizia que ele estava envergonhado pelo que acabara de falar. Foi só por um segundo, mas nesse segundo vi o homem por trás do papel do tira mau. Ele não poderia impedir um cidadão americano de sair do país, mesmo num caso interplanetário. Eu a veria novamente.

Fiquei tão feliz que sorri. Craven fez uma mão correr por seu rosto e foi olhar pela janela.

Era hora de eu voltar para casa e encarar a pobreza olho-no-olho. *Pôr a mão na massa.*

Pensei sobre a bela mulher, a bela face entre estátuas que lembravam alienígenas, que fez os extraterrestres conhecerem a miséria humana.

Venha ver o paraíso.

Perguntei-me se aquele alienígena era um fotógrafo, em seu próprio mundo. Quais eram seus compromissos? Ele se importava com os miseráveis do seu mundo? Esteve na Terra para estudar outra organização social, procurando por soluções diferentes? Talvez ele, também, voltasse para casa, para a áspera realidade do desespero e da miséria. Senti de algum modo que me identificava com ele. Queria acreditar que fôssemos parecidos.

Teria ele também visto-a como bela?

O homem do FBI estava esperando por algo mais; talvez ouvir a minha última declaração, antes de me mandar de volta para o Brasil.

— Acho que estamos os dois desempregados — eu disse.

Craven deu uma risada cansada e muda.

Então notei as caixas de papelão cheias com minhas fotos, em cima da mesa de Craven. Eles a remeteriam no mesmo voo que me levaria de volta para casa.

— Quer ver o meu trabalho? — perguntei. — Há alguma beleza nele.

A NUVEM
Ricardo Teixeira

"A Nuvem" representou a estreia profissional de Ricardo Teixeira, autor fluminense de origem portuguesa. Foi publicado na antologia Dinossauria Tropicália *(Edições GRD, 1994), a segunda antologia temática da ficção científica brasileira. O tema, é claro, são os dinossauros — que aparecem muito brevemente no conto. Nem por isso deixou de enriquecer a antologia, sendo agraciado com o Prêmio Nova no ano seguinte. Teixeira é formado em Letras Português-Latim, pela Universidade Federal do Rio de Janeiro, e trabalha na Ediouro desde 1995. Sem interromper suas funções na famosa editora carioca, passou uma temporada dando aulas em Cabo Verde, África, em 2005 e 2006. Atualmente elabora um livro de contos sobre dragões.*
Em "A Nuvem", a tradição do fantástico brasileiro — melhor representada pelas figuras de Murilo Rubião e José J. Veiga (homenageados no conto) — se funde com rara perfeição à perspectiva da ficção científica, em mais um enredo de encontros entre seres humanos e inteligências alienígenas. A estratégia usada pelos extraterrestres que se acercam de uma cidadezinha interiorana é reproduzir a evolução da vida sobre a Terra, até o seu suposto ápice, na esperança de alcançar um produto final capaz de se comunicar conosco, digamos, de "homem para homem". O recurso remete à situação da novela de Veiga, A Hora dos Ruminantes *(1966). Com ironia e inventividade na sugestão de uma linguagem regionalista, Ricardo Teixeira nos dá com este trabalho uma síntese de atitudes que permeiam boa parte da nossa FC — o cenário rural e a descrição de uma vida simples, os modos de narrativa oral do brasileiro, um humor construído em torno de tipos humanos, e a visita do inusitado ao cotidiano.*

Ricardo Teixeira

Além da Serra do Pisado, pra lá da Chapada do Matapombas, quase no limite entre o Uabanduba e o Sertão do Caiporlá, existiu um dia uma cidade chamada Vale Verde. Existiu; não existe mais. Hoje poucos se lembram dela, poucos são capazes de imaginar que no vale seco onde corre a Rodovia Presidente Macalé, um dia houve mais do que pedras e urubus. Mas na época havia ali uma cidade, uma cidade muito bonitinha e certinha, com sua igreja, praça, prefeitura, escola, cemitério. Tinha até biblioteca. Era uma cidade e nenhum dos seus cinco mil habitantes jamais pensaria nela como uma simples aldeia.

Mas a verdade é que era mesmo uma aldeia, diminuta e isolada, longe de tudo e sem comunicação rápida com nenhuma cidade importante. Dizem que se levava semanas no lombo de mula, atravessando montanhas e planícies, para ir de Vale Verde até a cidade mais próxima, isso, é claro, se o tempo estivesse bom. Era um lugar realmente distante.

O povo de Vale Verde não tinha consciência desse isolamento. Para ele, o mundo era o mundo, o que se via ao redor, até onde as montanhas permitiam, e mais não era preciso para que a vida fosse feliz. Se havia cidades imensas pra lá das montanhas, se havia todo um mundo além de onde os olhos alcançavam, tudo bem; contanto que não faltasse nada na cidade...

Mas faltava; faltava e muito. Faltava tanto, mas tanto, que a partir de uma época só um milagre poderia salvar a cidade. Faltava água. Vale Verde atravessava uma seca que já durava mais de dez anos, tão longa que na cidade, de verde, só sobrara o nome. Era uma seca brava, a pior de que se tinha notícia. Os açudes tinham secado todos há muito; os rios, antes profundos e caudalosos, estavam reduzidos a córregos tímidos que mal se viam na terra rachada; as árvores e plantas já se tinham ressecado a ponto de só restarem ramos nus; o gado estava quase todo morto. O povo da cidade, apesar de corajoso e trabalhador, cada dia via menos comida no prato, menos água no copo. Não adiantava rezar novenas, fazer romarias, pagar ou fazer promessas a Nossa

A Nuvem

Senhora das Águas Fartas. Por mais tempo que o povo passasse na igreja ou no oratório, a fome e a sede aproximavam-se.

Até que um dia aconteceu um milagre — algo tão estranho, fantástico, que só não mudou o mundo porque este se encontrava muito longe de Vale Verde. Não foram todos na cidade que viram, no início. Na realidade, foram poucos, pois a maioria do povo andava cabisbaixa pelas ruas, de olho no chão, mais preocupada com o estômago vazio do que com alguma coisa voando pelo céu. Mas quem viu jura que não estranhou nada, no início, de tão contente que ficou.

Foi uma nuvem, a primeira em dez anos. Uma nuvem como todas as outras, menos por um detalhe: veio do alto. Todas as nuvens vêm de algum lado e se aproximam devagar, deslizando pelo céu, mas aquela veio do alto, de tão alto que no início nem nuvem parecia. Parecia mais urububalão, daqueles que voam tão longe que as penas queimam no sol. Apareceu de manhã cedinho, um pontinho preto no céu, e só depois das onze deu para ver que era nuvem mesmo, escura, pesada e redondinha, carregada de chuva.

O primeiro que viu foi Mané Cissuliano, que tinha uns olhões que viam tudo, até o que não devia. Mal viu a nuvem, desatou a correr feito um doido pela praça, gritando que vinha chuva aí. A gente da cidade, tão acostumada com alarme falso, riu no princípio, falando que o Mané, de tanto olhar para as pernas das meninas, agora estava era vendo coisas. Mas não foi por muito tempo. Daí a pouco já dava pra ver que era nuvem mesmo, grandona. E, quando ela tapou o sol, fazendo uma sombra que ninguém na cidade via há muito tempo, aí todo mundo acreditou.

Foi aquele auê.

O padre Rubião, que mais do que todos sentia falta de um bom jantar, desandou a tocar o sino da igreja, chamando os fiéis para uma oração de agradecimento pela volta da chuva. O Dr. J. Veiga, médico da cidade e o homem mais culto e inteligente, olhou para a nuvem e disse que era um *Cumulus Nimbus* de desenho singular mas perfeitamente reconhecível, chuva na certa. Até o cego Tião, que além de cego era surdo e também burro, disse que quase podia sentir a água, que vinha chuva aí.

E a nuvem, tão pequenininha no início, continuava crescendo e crescendo, como se fosse cair sobre as casas. Se antes tapava só o sol, bem por cima do morro do Baião, agora tapava todo o céu, de ponta a ponta. Só se via ela, escura e redonda, um enorme manto cinza sobre a cidade. Às quatro da tarde, parecia que ia encostar na igrejinha abandonada no alto do morro do Baião; às seis, pouco antes de o sol se pôr, parecia prestes a tocar o chão. Quando a noite caiu, depois de um dia inteiro de rezas e cantorias e gente olhando de boca aberta para o céu, parecia que fora a nuvem quem trouxera a escuridão, não a noite.

E a chuva nada de vir.

O povo começou a ficar com medo.

— Não é nuvem de chuva não — disse alguém, a voz tremendo na praça. — É nuvem de enxofre que o demo espirrou.

— Nuvem de enxofre nada — respondeu alguém, a voz mais segura. — Você é que é bobo e não lembra como é. Aquilo ali é nuvem de chuva, sim; dá até pra sentir o cheiro.

— E desde quando nuvem tem cheiro?

— Uai, tem e tem mesmo. Só não tem cheiro de bode velho, que nem você.

Quando o outro ia retrucar, a mão bem fechada para lançar o seu argumento, ouviu-se um tremendo trovão: *cabuuum*.

— Tá vendo? Por acaso o demo espirra relâmpago, também?

Daí a pouco começou a despencar aquela chuvarada, coisa que a cidade não via há muito. Todo mundo saiu à rua para sentir a água caindo no rosto, e alguns mais doidinhos até rolaram na lama que nem porcos, tão contentes que estavam. Padre Rubião, depois de levar uma tremenda molha, retirou-se para a sacristia para uma oração particular de agradecimento, mas muita gente continuou fazendo a festa.

Choveu toda a noite.

A Nuvem

No dia seguinte, de manhã, nem sinal de nuvem no céu. Nem precisava; o sinal dela estava, sim, na terra — na cidade transformada em um imenso lamaçal, com poças d'água por toda parte, as paredes das casas ainda úmidas, uma grossa camada de lama cobrindo quase todas as ruas. E, para o espanto do povo, o morro do Baião, que sempre fora tão seco, só com a igrejinha em ruínas no seu topo, agora estava forrado de alto a baixo por um capim muito verde, um tapete denso de erva brava nascida como por encanto durante a noite.

Isso, foi no primeiro dia.

No segundo, novo espanto: toda a cidade estava coberta do mesmo capim, folhas muito verdes e rijas nascendo em tudo — nas ruas, passeios, quintais, descampados, até mesmo por entre as pedras da praça. O povo, cansado dos tons sempre ocres de uma seca prolongada, não cabia em si de contente. Fora Nossa Senhora das Águas Fartas, diziam os mais devotos, fora ela quem perdoara a cidade e resolvera acabar com a seca de uma vez, ainda bem que o povo tinha mantido sua fé e rezado todo dia, senão é que estariam desgraçados. E o morro do Baião, que no dia anterior estava coberto desse mesmo capim, agora tinha capim mais um montão de pés de inhangaba, também muito verdes e recobrindo tudo, quase até a base, quase tapando a igrejinha em ruínas.

No terceiro dia, a lembrança da seca já meio distante, foram poucos os que se surpreenderam quando a cidade amanheceu toda coberta de pés de inhangaba, exatamente como com o capim na manhã anterior. Eram pés pequeninos, de menos de meio metro, mas eram muitos; cada casa tinha um, diante da porta, cada rua tinha uma fileira deles, uma em cada passeio, os pés ordeiramente espaçados a cerca de um metro, como observou o Dr. J. Veiga no seu passeio matinal. A cidade parecia toda ela um grande jardim.

E, novamente, o morro do Baião tinha algo diferente — um imenso pé de bipiromba que tapava tudo, que nem deixava ver a igrejinha que um dia tinha existido ali.

Os dias passaram, semana veio e semana foi, e sempre acontecia o mesmo: o que num dia nascia no morro do Baião, no dia seguinte aparecia por toda a cidade. E cada dia surgia uma planta nova: jararás, marmanjés, cuiumbús, bimbas-de-macaco, foiões e até mesmo uns enormes pés de carribata, planta que há muito tempo, anos e anos antes da seca, não se via por aqueles lados. E, sempre, tudo muito verde, profundamente verde.

O povo da cidade, que no início tinha adorado aquele verde todo, agora já não estava tão contente; as plantas tomavam tudo. Era difícil até sair de casa, porque da noite para o dia podia muito bem nascer, justo em frente à porta, um enorme pé de vaiquerê que simplesmente a bloqueava. Tinha-se de pular a janela e, com uma tesoura ou, conforme o caso, um machado mesmo, aliviar o mato que ali crescera, e isso só para poder sair pela porta. A prefeitura já não tinha mais gente para fazer a capinagem das ruas, passeios, praças, tudo. E o pior é que quase não adiantava arrancar o mato; se raspava tudinho, até arrancar o capim bravo que fora o primeiro a nascer, tudo bem: no dia seguinte não nascia o que acabara de surgir no Baião. Nascia, sim, de novo o capim e no dia seguinte o pé de inhangaba, e no outro o pé de bipiromba, e assim por diante. Em uma semana a cidade parecia de novo um matagal só.

Cansado de fazer novas contratações só para capinar a cidade, o prefeito Lopes Bastos, que já começava a temer não ter com que pagar a todos, resolveu pedir auxílio ao padre Rubião, que no passado sempre tinha apoiado as suas campanhas políticas.

— Padre — falou ele de mansinho, quando foi se confessar.
— A sua igreja está precisando de uns consertos.

Rubião era, fora do púlpito, homem de poucas falas.

— É.

— O senhor sabe que eu, mais do que ninguém, tenho imenso apreço pela sua igreja, e que nada me alegraria mais do que vê-la de novo pintadinha e consertadinha, como no início da minha gestão. Falo não só como prefeito, mas também, e sobretudo, como católico.

A Nuvem

— É.

— O problema, padre, é que a prefeitura não tem gente para fazer o serviço. É tanta gente nesse negócio de limpar o mato das ruas que simplesmente não sobra mais ninguém para nenhum outro serviço. Lá na prefeitura, se quero tomar um chazinho de bogodó, tenho de sair do gabinete e prepará-lo eu mesmo. A situação é grave.

— É.

— Por isso, padre, eu pensei que o senhor poderia, como bom cidadão, que é e sempre foi, me ceder alguns homens para ajudarem na limpeza das ruas, organizar um mutirão ou coisa assim.

— É?

— Sim, padre, só o senhor pode convencer o povo a me ajudar. Não imagina como a situação está grave; dia a dia essas plantas avançam mais um pouquinho. Até parece coisa do demo.

Rubião pigarreou em sinal de protesto.

— Perdão, padre, mas o que eu disse é verdade; essas plantas não parecem criaturas de Deus, não. Nascem da noite para o dia, crescem muito rápido, a olhos vistos. Em um dia crescem tanto quanto uma planta normal em um mês. E, se as arrancamos, na manhã seguinte nasce outra, ainda mais forte. E tudo isso começou depois que apareceu aquela nuvem de enxofre no céu. Ainda me lembro do cheiro. Quer me parecer que o senhor, como padre, tem a obrigação de se erguer contra qualquer coisa que seja suspeita de pertencer ao Inimigo, a Satanás. Além do mais, se me ajudar a limpar, hoje, a cidade, logo logo eu o ajudo a consertar a sua igreja.

O padre Rubião não disse nada. Só recomendou duas avemarias e três painossos e abençoou o prefeito quando este se levantou.

No dia seguinte, no entanto, uma turma de voluntários apresentou-se diante da prefeitura, munida de pás, enxadas e capinadeiras, e cada um dos homens estava convencido de que iria pessoalmente arrancar a cidade das garras pontudas de Satanás.

Ricardo Teixeira

De pouco adiantou, é claro. Podia-se arrancar todo o mato de um lugar, e ainda jogar sal ou pó de pinimba ou mesmo água benta sobre o solo, que ainda assim no dia seguinte aparecia o mesmo capim, e no outro o mesmo pé de inhangaba, e tudo de novo. Tantas vezes se tentou acabar com as plantas, recorrendo à ciência, à igreja, à bruxaria, e tantas vezes não resultou; no dia seguinte as mesmas plantas nascendo de novo, belas e viçosas, que o povo acabou por se acostumar. Já ninguém se importava se a calçada estava toda coberta de mato ou se as trepadeiras cresciam em volta da casa. O que importava era que agora não faltavam comida nem água (chovia pontualmente todas as noites, do crepúsculo ao amanhecer), e que todos aqueles anos de seca já eram menos do que uma lembrança ruim. Se a cidade cada vez mais parecia uma selva de mato cerrado, quem ligava? Era mais bonita assim do que do outro jeito, toda seca, esturricada.

E que bonita a cidade ficou, realmente verde pela primeira vez na sua história. À vegetação rala e baixa dos primeiros dias de depois da chuva seguiram-se árvores de pequeno, médio e grande porte, cada uma mais exuberante do que a outra, tão grandes que suas copas se encontravam sobre as ruas, fechando-as lá no alto como intermináveis túneis verdes. O morro do Baião, antes tão seco e triste, com sua igrejinha solitária no alto, era agora um tufo exuberante de vida vegetal, árvores de todos os tamanhos, flores de todas as cores, tudo estourando de vigor e frescor como se não pudesse caber em uma área tão pequena. Da igrejinha em ruínas, nem sinal; troncos centenários ocultavam-na completamente, copas imensas escondiam-se dos olhos da cidade. Talvez até mesmo tivesse sido derrubada pelas árvores, as suas pedras rachadas pelas raízes em rápido crescimento. Ninguém sabia. Desde que o primeiro pé de inhangaba nascera no morro, nunca mais ninguém se aventurara a subir nele. Aliás, nunca ninguém gostara muito de ir lá para aquelas bandas; há anos o povo dizia que a igrejinha era malassombrada.

Vale Verde era agora uma autêntica floresta. Ninguém conhecia mais os seus limites, ninguém queria — ou conseguia — sair

A Nuvem

da cidade, nem tampouco entrar nela. Para o povo, que de qualquer modo sempre vivera isolado mesmo, a floresta agora bem que podia ocupar o mundo inteiro.

A cidade foi feliz até o dia em que completou meio ano da aparição da nuvem, da primeira chuva, data que o povo comemorou com muita dança, cantoria e cachaça de embuia brava.

Na manhã seguinte, tiveram início as pragas.

Primeiro, foram os gafanhotos, enxames deles. Sugiram em nuvens acima do morro do Baião, como tudo o que aparecia pela primeira vez, e precipitaram-se sobre a cidade, devorando tudo o que viam pela frente. Segundo os relatos mais minuciosos, não foram realmente os primeiros a aparecer. Antes deles, diziam alguns, já tinham surgido por aí lesmas, lagartas, formigas e até mesmo baratas, uma espécie por dia. E havia mesmo quem dissesse ter notado coisas estranhas no fundo dos açudes e córregos que agora abundavam pela cidade; conchas, caramujos enormes e um bichinho feio como o demo que o Dr. Veiga, ao ver, espantadíssimo, teria chamado de trilobita. Mas os gafanhotos foram os primeiros a assustar e a fazer estragos, coisa que nenhum dos outros chegou a fazer. E, além do mais, havia o precedente bíblico, que já por si assustava todo mundo.

Depois, quando o povo de Vale Verde ainda mal se refazia do estrago, vieram as lagartixas, que não comeram nada mas deram um susto em todo mundo, e no dia seguinte as rãs, que também ecoaram forte na consciência bíblica do povo, e depois ainda os lagartões, uns calangos enormes que deixaram a cidade meio histérica e que ainda por cima foram crescendo e crescendo de tamanho com o passar dos dias até surgirem como bichos imensos, maiores que casas, que com uma patada podiam amassar um homem. Felizmente eles mantiveram-se mais longe, lá pros lados do Baião, mas mesmo assim foram dias de terror, aqueles, em que o povo sequer tinha coragem de sair à rua e tudo o que fazia era ficar encolhido em casa, rezando, ouvindo as passadas imensas dos bichos ressoando enquanto eles caminhavam por entre o mato, derrubando tudo e brigando entre si com urros de gelar o sangue de um cristão. Só uma semana depois de já não se escutar nenhum deles é que os mais corajosos da cidade tiveram peito de sair à rua. Saíram, rodearam, olharam tudo por aí, e nem sinal dos tais bichos — nem ossos, pegadas, nada. Do jeito que eles tinham feito barulho ao brigarem, derrubando árvores e abrindo buracos no solo, o povo tinha esperado encontrar tudo arrasado ao redor, mas nada disso; as plantas de novo tinham coberto tudo, como sempre faziam. E quanto aos lagartões, sumiram de um dia para o outro, extinção total.

O que não significou paz para o povo da cidade, é claro. Como todo dia, continuaram aparecendo bichos novos, e, ainda que nenhum tão grande a assustador quanto os lagartões, alguns podiam ser bem mais terríveis. O dia das cobras está aí para o provar. Numa manhã, toda a cidade apareceu forrada de jararacas, sucuris, cascavéis, tudo o que a natureza tem de pior, e não adiantava se esconder em casa ou mesmo debaixo da cama, que as danadas entravam por tudo quanto é buraco na porta, parede ou telhado e se deixavam ali ficar, enroscadas em algum canto, ou em uma cadeira onde alguém ia sentar, ou mesmo debaixo dos cobertores de uma cama. Nesse dia, como há muito o padre Rubião vinha alertando nos seus sermões cada vez mais amargos, a cidade se convenceu de que Satanás em pessoa havia chegado para tomar conta do lugar.

Rebate falso.

Ao contrário do que acontecia com as plantas, os animais só duravam vinte e quatro horas; apareciam hoje, amanhã não existiam mais. Se não fosse assim, Vale Verde teria se transformado em um verdadeiro jardim zoológico, todos os reinos da natureza subitamente ali reunidos. Por isso, a agonia da sua população foi breve. As cobras vieram e se foram, e no dia seguinte só apareceram uns jacarezinhos que não incomodavam ninguém.

De novo a gente da cidade se acostumou a uma situação peculiar. À semelhança do que acontecia com as plantas, os bichos novos surgiam no morro do Baião, mas ao contrário delas não precisavam, no dia seguinte, reaparecer na cidade. Eles vinham direto, sozinhos ou em bandos, pois não eram estáticos como as plantas. Como todo dia surgia um bicho novo, a cada um deles foi dado o nome do animal correspondente: Dia das Cobras, Dia do Rato, Dia do Urubu, Dia do Tigre Dentuço, Dia do Cachorrão. Os garotos apostavam sobre quem conseguiria caçar mais bichos em um só dia, enquanto os mais velhos faziam registros dos animais dos dias anteriores e se punham a arriscar palpites sobre o bicho que daria no dia seguinte, se seria onça, zebu ou veado. A maioria errava de todo, pois simplesmente chutava o nome de um bicho, sem qualquer critério, mas o Dr. Veiga, com seus conhecimentos de zoologia, frequentemente acertava. Segundo ele, o surgimento de novos animais, a cada dia, seguia obviamente a escala da evolução: invertebrados e insetos primeiro, depois anfíbios e répteis, aves e mamíferos de pequeno, médio e grande porte e por fim as subdivisões destes, com felinos, caninos, bovinos e por aí vai. Até mesmo os peixes estavam presentes nisso; não havia gente que tinha pescado uns peixões enormes nos açudes, justo lá onde antes nem água tinha? Veiga só se perguntava, e isso ele não dizia aos seus conterrâneos, sobre quem ou o que surgiria de todos os primatas.

A sua pergunta começou a ser respondida no dia do primeiro aniversário da chuva, data que ninguém nem se lembrou de comemorar, na manhã seguinte ao Dia do Chimpanzé.

Não apareceu bicho algum.

Pelo menos, ninguém viu. Pode ter ficado quietinho lá no morro do Baião, sem se mostrar por algum motivo. Mas, se surgiu, ninguém ficou sabendo.

No primeiro dia.

Antes que o dia terminasse, e começasse a chuvarada que ainda durava toda a noite, uns espertinhos foram à casa do Dr. Veiga perguntar se ele sabia por que não aparecera nenhum bicho. No fundo, o que eles queriam era embaraçá-lo, que sempre se mostrava tão sabedor de tudo, mas ele não se deixou enrolar. Apenas olhou, olhou bem, puxou o seu relógio de corrente de ouro, mirou pela janela o sol que se punha, quase invisível através da folhagem, e então falou:

— Pode ser um animal mais esperto do que os outros, que sabia se esconder melhor.

Eles não engoliram essa.

— Mas são só macacos que têm aparecido nas últimas semanas, e eles sempre descem do morro para a cidade, atrás de comida. Tem algum bicho mais esperto do que macaco?

Veiga hesitou de novo.

— Sim, existe um animal mais esperto, um animal que sabe se esconder e por que tem de se esconder.

— Que bicho é esse? — perguntaram em coro aos rapazes, que já não aguentavam mais de curiosidade.

Veiga sentou-se e contou-lhes uma longa história.

No dia seguinte...

Alguém avistou fumaça no morro do Baião. Não um incêndio, mas um rolinho de fumaça miúda que, mal se elevava acima das árvores, logo se dissolvia no céu. O povo comentou o acontecido, mas ninguém se assustou ou pareceu compreender o que realmente acontecera. O Dr. Veiga, este compreendeu, é claro, como já tinha compreendido desde o início, mas preferiu ficar calado. Quando o foram procurar em casa, mandou dizer que não estava.

No outro dia...

A fumaça continuou subindo pelo céu, aqui e acolá, mas ninguém ainda viu bicho nenhum. No máximo, sombras correndo muito rápido por entre as folhagens, coisas que uns diziam que eram macacos e outros que eram gente. Mas ver realmente, sem sombra de dúvida, ninguém viu.

Até que um dia...

Tinha sido uma noite daquelas, água o tempo todo, mas com uma diferença: muita gente jurava que alguém tinha estado na sua casa, de madrugada, pulando nos telhados, subindo nas janelas, remexendo nas coisas, quebrando vidros. Alguns até garantiam que tinham ouvido berros, uns gritos esquisitos, agudos, que lembravam um pouco os guinchos dos macacos mas que de algum modo também eram estranhamente humanos, complicados. Foi tanta a gritaria que teve gente que não dormiu a noite inteira.

De manhã, os relatos confirmaram-se: um monte de janelas quebradas e coisas mexidas e pegadas sujas pelos assoalhos das casas. Pegadas de gente, não de bicho; um pé largo, com uns dedos enormes, mais indiscutivelmente humanos, ou, pelo menos, aparentado. E, o que é melhor, uma coisa que foi encontrada em frente à igreja, também saqueada durante a noite, e que o padre Rubião tratou logo de classificar como obra do demo, o que, aliás, ele nos últimos tempos fazia com tudo o que via.

Quando correu a notícia do achado, aí o Dr. Veiga se interessou. Foi logo à igreja, tentar falar com o padre, e mal saiu de casa viu-se rodeado pela turma de espertinhos que o tinha visitado alguns dias antes. Estes seguiram-no até à igreja e, quando lá chegando ouviu do padre, que nunca fora muito seu amigo, que não iria falar com ele. O único jeito foi perguntar ao próprio povo o que é que tinha sido encontrado, ao povaréu reunido em frente à igreja.

— Foi um tridente bem pontudo — respondeu um, daqueles que não perdiam um sermão do padre. — E tem um monte de marcas de pé de cabra por aí.

— Sim, eu vi os tais "pés de cabra". Mas, tem certeza de que é um tridente? Você o viu pessoalmente?

— Uai, ver visto eu não vi; só ouvi. Mas disseram que é isso mesmo. Tem até o nome do demo escrito no punho, bem grande: Satanás.

Veiga voltou-se para o outro lado da multidão.

— Alguém mais viu o tal achado?

Uma cabecinha na multidão de um pulo.

— Eu vi — falou um garoto magro, desses que caçam passarinho para comer. — Vi e não era nenhum tridente com o nome do demo.

— E o que era, então?

— Era uma machadinha de pedra, dessas que a gente às vezes faz pra brincar.
— Nada mais? — A voz do Dr. Veiga tremia de contentamento.
— Juro que era só isso. Não entendo é por que o padre fez aquele rebuliço todo quando viu. Era só uma machadinha, só isso.
O Dr. Veiga virou-se e começou a se encaminhar para casa. Quando os rapazes que o tinham seguido lhe perguntaram o significado de tudo aquilo, ele simplesmente disse:
— Amanhã eu conto — e continuou no seu caminho.
Mas não contou. No dia seguinte, a cidade amanheceu no maior dos sustos: o morro do Baião estava todo pelado, lisinho, sem um fiapo das árvores frondosas que o haviam coberto até o dia anterior. Onde eles haviam estado, só sobrava um pó escuro e fedorento, uma cinza pegajosa que grudava no dedo e tinha de ser tirada com água e sabão. Até a igrejinha em ruínas, no alto, sumira, somente restando dela um punhado de pedras quebradas e muito enegrecidas.
O povo de Vale Verde não era dos mais inteligentes desse mundo, mas soube rápido ver o significado daquilo: se hoje acontece isso com o morro, amanhã...
Dessa vez procuraram direto o padre, não o Dr. Veiga, que estava fechado no seu gabinete, muito intrigado com o acontecido. O povo cercou a igreja e daí a pouco saiu o padre Rubião, com ar de quem diz "eu não falei?". Mas ele não parou. Ignorando a multidão, foi logo subindo a rua em direção ao morro, seguido de perto pelo povo curioso do que ele iria fazer.
Ao chegarem no sopé do morro, no limite da massa de vegetação que ainda tomava a cidade, novo choque: dali mesmo, no início da subida íngreme que levava ao topo, podia-se ver alguém lá no alto, sentado em uma das pedras da igrejinha. Estava só sentado, não fazia nada; parecia que apenas contemplava a cidade. Mesmo assim, o povo, no início tão corajoso, recuou. Só o padre continuou em frente, subindo a encosta enquanto segurava na

mão direita, bem visível, um crucifixo. A multidão, vendo-o prosseguir, resolveu acompanhá-lo, mas de longe. Ao menor sinal de perigo, desatariam a correr morro abaixo.

O padre foi encontrar o estranho bem no alto do morro, sentado, como tinham visto, em uma das pedras da igreja. Fora o fato de estar nuzinho em pelo e de ter uma cabeleira longa e emaranhada, como nenhuma mulher da cidade se atreveria a ter, era um homem como outro qualquer. Até mordiscava uma folha de capim, como um matuto em tarde de domingo.

Tomando-se de coragem, o padre ergueu o crucifixo em direção ao estranho, que pelos vistos ainda não tinha notado a sua presença, e perguntou:

— Você é de Deus ou do demônio?

Sem olhar, continuando a mascar o seu capim, o estranho respondeu, em um português claro, sem sotaque.

— Sou meu, de mais ninguém. E você?

O padre considerou abaixo da sua dignidade responder a uma pergunta dessas, sobretudo vinda de um sujeito pelado e com cara de quem não tomava banho há um mês, mas achou bom terem podido se comunicar, mesmo a resposta sendo estranha como fora. De longe, a multidão só observava.

Decidiu-se por outra pergunta.

— Você é do céu ou da terra?

O estranho novamente não se virou nem olhou.

— Sou da terra. De uma terra no céu.

Outra resposta esquisita. O padre estava começando a perder a paciência.

— Por que você nunca olha para mim quando fala?

Ainda sem se virar.

— Sou cego. E fale rápido, que daqui a pouco vou ficar surdo, também.

— Por que isso? — perguntou o padre, curioso. — Está doente, por acaso?

— De certo modo. É como a vegetação do morro: estou morrendo.

O padre resolveu pegar a dica.

— E a vegetação da cidade: também vai morrer?

— Vai.

— Amanhã?

— Amanhã.

— Por quê?

O estranho não respondeu. Apesar do seu ótimo domínio do português, parecia não saber como se expressar.

— Incompatibilidade — disse, por fim. — O ar, a terra, a água, são como venenos para nós, venenos de ação lenta. Só descobrimos isso agora.

O padre não estava entendendo nada. Preferiu mudar de assunto.

— Se você, como diz, é do céu, como sabe falar português tão bem?

— Aprendo — disse o estranho, simplesmente.

— Quem o ensinou?

O estranho parou de mastigar a folha de capim que tinha na boca. Novamente hesitou.

— As flores, as árvores, os bichos. Eles me ensinaram. Pensa que estiveram aqui para quê?

— Não sei. E você, está aqui para quê?

— Para estar. — Dessa vez não houve a menor hesitação.

— Isso não é resposta.

— Também não é pergunta.

Que estranho mais maleducado. Como se não bastasse estar nu, sujo e desgrenhado, ainda por cima dava respostas tortas a um padre. Cristão é que ele não devia ser.

— Está bem — disse o padre, já completamente sem paciência. — Você está aqui para estar, e no entanto está morrendo, está tudo morrendo. Vai fazer o que quanto a isso? Ficar sentado aí mastigando erva que nem um boi?

A Nuvem

Mais uma vez ele hesitou. Até mesmo pareceu querer virar o rosto para o padre, coisa que ele ainda não tinha feito. Mas não fez. Só voltou o rosto para o sol que já ia bem alto, como se quisesse se alimentar da sua luz. Depois de um bocado, falou.
— O jeito é reunir a nuvem e ir embora.
— A nuvem?
— Sim. Ela não é uma nuvem comum, nem a sua chuva tem apenas água.
— E cadê a nuvem? — O padre olhou em volta, como que à sua procura. Mas só viu o topo seco do morro, com a cidade lá embaixo.
— A nuvem somos todos nós, todos os pés de inhangaba e bipiromba e carribata e tudo o que apareceu na cidade nos últimos doze meses. Tudo veio da nuvem; tudo volta para ela.
— E a cidade? — O padre já não estava tão seguro de si, sobretudo depois de ver as pedras quebradas que restaram da igrejinha.
— Com a morte das plantas, vai voltar ao que era antes, só que de uma vez. Vai morrer.
— E nós?
— Vão ter que ir embora, também, mas só se quiserem viver.
O padre ficou novamente indignado.
— Óbvio que queremos viver. Você não quer?
O estranho não respondeu.
— Está me ouvindo?
Nada. O padre deu um berro, e novamente o estranho não reagiu, não pareceu nem ter escutado. Estava surdo, como tinha dito. Estaria ainda vivo?
Estava. Ele continuava mastigando a mesma folha de capim, como se nada tivesse acontecido. Mastigava devagar, com cuidado, como que saboreando cada pedacinho da erva, e sua mente parecia estar longe, muito longe dali. Para o padre, não havia mais nada a fazer. Se o sujeito ia morrer, que morresse; era pagão. Começou a descer a encosta, em direção ao povo que o esperava. Quando começaram a chover as perguntas sobre ele, vindas de

todos ao seu redor, somente respondia com: "Temos de ir embora. Temos de ir embora."

E foram embora. Antes de a noite cair, acossados pelo tom messiânico do padre, todos arrumaram suas coisas e começaram a sair da cidade; todos, do prefeito Lopes Bastos ao cego Tião, passando pelo próprio Dr. J. Veiga, muito mal-humorado enquanto carregava pelas ruas, no meio da multidão em marcha, os livros e anotações que conseguira salvar do seu gabinete de trabalho.

Custou um pouco, no início, achar o caminho através de todo aquele mato, mas por fim, à custa de muito facão e perna arranhada, conseguiram encontrar uma saída que dava para a antiga estrada de terra, lugar onde ninguém andava há mais de um ano. Quando caiu a noite, estavam todos fora do mato, de volta à terra seca do Caiporlá. E então aconteceu uma coisa estranha, que nem todo mundo notou a princípio.

A chuva, a chuva que todas as noites caía sobre a cidade, dessa vez não veio. Veio, sim, a nuvem, a mesma nuvem daquele primeiro dia. Todos a viram baixar sobre a floresta como se fosse engoli-la, baixar até envolvê-la por completo, até tocar o solo. Ficou ali por toda a noite, sem se mexer, sem fazer um ruído.

Na manhã seguinte, quando o povo acordou do sono mais desconfortável que já tinha tido, a noite passada na terra dura, com uma trouxinha de roupas fazendo às vezes de travesseiro, a nuvem se dissipara, e com ela a floresta. Dissipou ou foi embora; não se sabe. Mas daquele mato todo só sobraram cinzas, a mesma poeira escura e grudenta que no dia anterior tinham encontrado no morro do Baião. E a cidade, com suas casas, ruas, prefeitura, biblioteca, igreja e cemitério, estava reduzida a escombros, pedras quebradas, nem uma construção de pé.

Como a igrejinha no alto do morro.

AGRADECIMENTOS

O organizador desta antologia deseja reconhecer o apoio e a ajuda de Finisia Fideli, Marcello Simão Branco e Gumercindo Rocha Dorea. Também de André Carneiro, Therezinha Monteiro Deutsch, M. Elizabeth "Libby" Ginway, Maria Eugênia de Araújo Scavone, João Adolfo Hansen (da Universidade de São Paulo), Maria Luzia Kemen Candalaft, Jotapê Martins, Roberto Menezes de Moraes, Vagner Vargas, Júlio Vasco (da *Folha de Niterói*) e Douglas Quinta Reis.

MAIS FICÇÃO CIENTÍFICA DA PULSAR

- *O Jogo do Exterminador*, de Orson Scott Card. **Ganhador dos Prêmios Hugo e o Nebula, inicia a Saga de Ender, um dos maiores sucessos da ficção científica. Edição definitiva, com introdução especial do autor.**

    "*O Jogo do Exterminador* é um romance comovente e cheio de surpresas que parecem inevitáveis, depois que são explicadas."
    — *The New York Times*

- *Confissões do Inexplicável*, de André Carneiro. **O quarto livro de contos do decano da ficção científica brasileira é a maior coletânea de um autor nacional de FC já publicada. Ilustrado pelo autor, com introdução de Dorva Rezende.**

    "Como Aldous Huxley, Carneiro... desconfia dos limites que a busca do lucro e da produtividade põem à vida e à criatividade. Mas não mostra pendores ascéticos, receio do novo ou nostalgia pelo passado do Brasil ou do mundo. Seus personagens aderem ao insólito com entusiasmo e apontam para a possibilidade de superar a razão capitalista e tecnocrática, tanto em humanismo quanto em saber científico."
    — Antonio Luiz M. C. Costa, *CartaCapital*

- *Orador dos Mortos*, de Orson Scott Card. **Multipremiada sequência de *O Jogo do Exterminador*. Edição definitiva, com introdução especial do autor e posfácio exclusivo, dirigido aos leitores brasileiros.**

    "O trabalho mais poderoso que Card produziu, *Orador* não apenas completa *O Jogo do Exterminador*, ele o transcende... Altamente recomendado para leitores interessados nas complexidades e ambiguidades culturais que os melhores romances de ficção científica exploram."
    — *Fantasy Review*

    "Com menos ímpeto que *O Jogo do Exterminador*, *Orador dos Mortos* pode ser um livro muito melhor. Não perca!"
    — *Analog Science Fiction and Fact*